나의 우울에게

아프지만 잊고 싶지 않아서 쓴
우울한 날들의 기록

나의 우울에게

글·그림 김현지

RHK
알에이치코리아

추천사

아무도 알아봐 주지 않는 우울의 힘든 터널을 지나온 저자분에게 박수를 보냅니다. 우리는 살면서 누구나 우울할 수 있고, 때로는 스스로 버틸 수 있는 정도를 넘어서 전문가의 도움이 필요한 '우울증' 진단을 받게 될 수도 있습니다. 그러나 세상의 시선은 따뜻하지 않습니다. 그래서 우울증을 앓는 사람들은 우울증 투병과 함께 세상의 시선과 타인의 몰이해로 인해 상처를 받으며 삶을 꾸려 나가야 하는 어려움도 같이 짊어지게 됩니다. 이 책은 이런 터널을 지나온 작가의 투병기이자 성장기입니다.

저자는 스스로의 힘으로 우울증을 겪어냅니다. 세상의 편견에 맞섭니다. 또한 자신과 같은 우울증을 가지고 있는 사람에게 자신의 경험을 나누어 줍니다. 그들에게 공감을 보여주고 그들을 따뜻하게 감싸 안으며 더불어 함께 사는 세상을 만들어 가고 있습니다. 나도 힘들지만 우울증을 극복하기 위해서 노력했다고, 지금도 행복해지기 위해 최선을 다하고 있다는 저자의 메시지가 책을 읽는 내내 전해져 옵니다.

이 책은 우울이라는 감정을 한 번이라도 느껴본 사람들에게 먼저 권하고 싶습니다. 우울증 치료를 하고 있는 심리 상담가나 정신과 의사들에게도 환자들의 마음을 깊이 살펴볼 수 있는 기회가 되리라고 생각합니다. 그리고 세상을 살면서 상처받은 모든 분들에게 이 책을 권합니다.

정신건강의학과 전문의,
《솔직하게, 상처 주지 않게》 저자 전미경

나의 경험이 누군가에게
위로가 된다면

부모님의 말씀에 의하면 나는 그 흔하고 다들 겪는 일
들에 갈대처럼 휘둘리다 그만 부러져버린 사람입니다.
바람을 잘만 타는 다른 이들과는 다르게 말이죠. '다들 힘
들어하면서도 잘만 산다, 별나게 굴지 마라.'는 말도 들었
지만, 내가 치가 떨리게 싫어하는 사람이 누군가에겐 둘
도 없이 소중하고 사랑스러운 사람인 것처럼, 누군가에
겐 대수롭지 않은 일이 내겐 무너지기 딱 좋은 일이 되기
도 합니다. 하지만 부모님은 제가 유난을 떤다고 했고, 저
는 '우울'이라는 끝이 보이지 않는 심해로 가라앉았습니다.

심해는 낯설면서도 아늑했고, 동시에 갑갑했습니다. 이렇게 사는 게 의미가 있겠느냐는 생각들이 나를 옭아매는 동안 어디론가 도망가고 싶은 충동이 끝없이 들었습니다. 어쩌면 펜을 들어 나의 이야기를 그려나가기 시작한 것도, 현실에서 도망가고자 하는 마음의 작용인지도 모릅니다. 손에 든 펜으로 묵혀둔 기억들과 감정들을 게워내는 첫 순간에 느낀 감정은 무척 낯설었습니다. 고민을 이야기하는 건 약점이 된다는 말을 들으며 자랐고, 부모님의 감정 쓰레기통이 되었던 경험이 더해져, 밝지 않은 이야기를 하는 건 상대방에게 스트레스를 주거나 혹은 약점을 건네주는 거라고 굳게 믿어왔는데 그런 생각이 깨부숴지는 순간이었습니다. 지금까지의 믿음을 저버린 것에 대한 약간의 불안감이 지나간 뒤에는 후련함과 해방감의 파도가 밀려오는 듯했습니다. 그제야 왜 사람들이 고민이 해결되는 것도 아닌데, 상담을 받는지 알았습니다. 누군가에게 털어놓는 그 자체가 숨통을 트이게 해준다는 것을요.

우는 날이 많았던 어린 시절, 정신건강의학과에서 우

울증이라는 진단을 받기까지의 과정, 칼날이 박힌 곰 인형처럼 느껴지던 부모님과의 갈등…. 나를 잡아먹는 감정들이 억눌렸던 만큼, 가득 쌓인 경험들과 묵은 감정들을 날 것 그대로 쏟아놓았습니다. 한편으론 신이 났습니다. 처음엔 예상보다 많은 사람들의 반응에 의아했습니다. 이렇게 관심을 받을 줄은 몰랐기에 단순한 호기심이 아닐까 생각했습니다. 하지만 그린 이야기가 많아질수록 사람들은 자신의 경험과 마음이 아리도록 비슷해서, 위로가 되어서 제 만화를 찾는다는 걸 체감했습니다. 나와 비슷한 경험, 비슷한 감정을 느낀 사람이 어딘가에 있다는 사실만으로도 큰 위로가 된다는 적지 않은 감사 인사들이 아직도 선명하게 기억납니다.

꾹꾹 마음 깊숙한 곳에 넣어뒀던 심정들이 제게서 떨어져 나가기 시작한 건, 제 이야기와 만화를 찾아주고 가치를 알아봐준 분들과 곁에서 남아주고 배려해준 친구들, 어리기만 했던 저에게 세상이 아직 따스한 구석이 있음을 알려준 어른들 덕분입니다. 이 기회를 빌려 감사드립니다.

책 속의 발칙할 정도로 솔직하게 담아낸 이야기가 그리 특별하거나 희귀한 이야기가 아니라고 생각합니다. 나만 이토록 불행한가 싶어 좌절했던 순간들이 민망하게 느껴질 정도로, 비슷하거나 때론 찍어낸 듯이 똑 닮은 경험을 한 사람들이 너무나 많다는 걸 이제는 잘 압니다. 나의 이야기에 공감하며 씁쓸함을 느낄 그들에게, 우울함에 지친 사람들에게, 그리고 그들을 사랑하는 사람들에게 이 책을 바칩니다. 이 책이 작은 선물이, 작은 위로가, 또 심해 한가운데 있는 이들을 이해하는 데 도움이 되기를 바랍니다.

목차

첫 번째 일기장

우울증은 내 옆에 있었다

두 번째 일기장

우울한 지금도, 내 시간이니까

세 번째 일기장

그럼에도 한 걸음

첫 번째 일기장

우울증은
내 옆에 있었다

저 우울증인 것 같아요

중학교 2학년, 늦은 밤이었다.

5시간이 넘도록 이유 없이 펑펑 울다
'우울증인가?' 하는 생각이 들었다.

훌쩍이며
여러 종류의 자가 진단
테스트를 했다.

결과들은 앞다투어
우울증이라고
아우성치는 듯했다.

그래도 확신할 수 없어서
계속해서 찾고 또 찾았다.

인정하기
　　싫어서가 아니라

과대망상일까 봐.

하지만
결과는 같았다.

나는 나의 동아줄,
부모님에게
용기 내어 말했다.

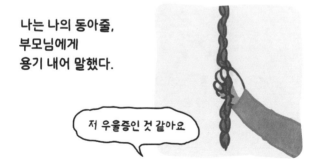

저 우울증인 것 같아요

하지만 돌아온 것은,
비웃음과 함께
"네가 무슨 우울증이야."
라는 말이었다.

○

"네가 무슨 우울증이야."

어떻게 꺼낸 말인데. 엄마 아빠 앞에 서기까지의 시간
이 머릿속에 영상처럼 재생됐다.

"넌 대체 커서 뭐하면서 살려고 그래?" 수업 시간마다
엎드려 자는 나를, 선생님의 부름에 깨우는 짝꿍은 나에
게 이렇게 말했다. 나는 잠시 몸을 일으켰다가 선생님이
수업을 다시 시작하면 다시 책상에 엎드렸다. 자고 싶은
것도 아니었다. 친구들과 어울리는 것도, 공부도 쉽지 않
아 자는 척이라도 했다. 부적응자보다는 '맨날 자는 애'로
불리는 게 나았으니까. 나를 따로 불러내 나무라시는 선
생님도 계셨지만, 그게 전부였다. 사정을 물어보는 선생
님은 없었고, 나도 속 얘기를 꺼내놓지 않았다. 나는 자꾸

만 더 웅크렸다.

밤이면 베개를 안고 울었다. 축축하게 젖은 베개엔 눈물 자국이 선명히 남아 있었다. 어느 날엔가 슬프다고 소문이 자자한 영상을 봤다. 평소 같았으면 글썽거리거나 감동적이라고 느끼고 넘어갈 만한 영상이었는데, 그날은 아니었다. 10분 남짓한 영상이 끝났는데도 한 번 쏟아진 눈물은 몇 시간이 지나도 멈추지 않았다. 영상 내용이 기억 속에서 흐릿해졌지만 눈물은 그칠 줄 몰랐다. 그때 어디선가 들은 우울증에 대한 이야기가 떠올라, 우울증 자가 진단을 할 수 있는 사이트에 접속했다. 결과는 '우울증 의심' '우울감이 매우 높은' '병원 방문 요망'이었다. 설마 하는 마음에 다른 곳의 자가 진단도 해보았지만 결과는 매한가지였다. 자가 진단 결과만으로는 내가 우울증인지 확신이 서지 않았지만, 내가 지금 누군가의 도움이 필요하다는 건 확신할 수 있었다. 정신과에 가보고 싶다는 들었고, 수차례 고민 끝에 부모님에게 말해야겠다고 다짐했다. 부모님은 나를 이해해주시리라.

"엄마, 아빠, 저 우울증인 것 같아요."

그러나 돌아온 대답은 네가 무슨 우울증이냐는 비아냥이 섞인 말이었다. 그 대답을 듣는 순간 나도 모르게 숨을 들이마셨다. 발은 바닥에 잘 붙어 있는데도 어디론가 추락하는 기분이었다. 심장이 철렁한다는 게 이런 기분일까. 수많은 부정적인 경우의 수를 생각했지만 비웃음을 당할 줄이야. 미처 생각하지 못했다. 엄마는 뒤늦게, 네가 요즘 카페인이 든 음료를 많이 먹던데 그래서 그런 건 아니냐고 했다. 그 말에 바보 같이 나도 모르게 "그런가 보다." 하고 답했다. 멍했다. 발버둥쳐도 터지지 않는 물방울에 갇힌 느낌. 머리는 세게 맞은 것처럼 더 이상 아무 생각도 할 수 없었다. 엄마 아빠 앞에 설 때까지 긴장감에 콩콩거리던 심장이 차게 식고 있었다. 그들과 나 사이에 아주 높고 큰 벽이 생겼다는 걸 알 수 있었다. 나는 내가 넘을 수 없는 그 벽을 뒤로하고 다시 방으로 돌아왔다. 방을 나올 때보다 서너 배는 더 느려진 걸음으로. 그리고 이불 속에 들어가서는 눈을 감았다.

없던 일로 하고 싶었다.

가시

어떤 기억은
가지고 있기에
너무 아프다.

그날의 기억은
가시로 돋아나
계속해서 나를 찔렀다.

나는 너무 아파서 기억을 뜯어냈다.

그리고 묻어버렸다.
더 이상 가시를 버틸 재간이 없었으니까.

○

깊은 곳에 묻었다. 잡은 동아줄이 바스라졌던 기억은 이제 나에게 없다. 사람은 너무 충격적인 사실을 접하면 그와 관련된 기억을 까마득하게 잊어버린다고 했던가. 나는 얼마 안 가서 정신과에 가보자는 첫 번째 다짐을 했던 날의 기억을 통으로 잃었다. 잊었다. 묻어버렸다. 그렇게 새 학기가 시작됐다.

별 기대하지 않았던 새 학기의 시작은 생각보다 밝았다. 전과 비교하자면, 찬란하다고 말할 수 있을 정도로. 마음에 맞는 친구를 여럿 만났고, 학교에 가는 일이 즐거워졌다. 자연스레 공부에 눈을 돌릴 여유가 생겼다. 어울리는 친구들이 많이 생기자, 조별 활동이나 수행 평가도 즐거웠다. 어울리는 친구들 중엔 빡세게 공부하는 친구들도 있어서 자연스레 도움도 많이 받았다. 친구들의 조언대로 하고, 문제집도 사들였다. 열심히는 아니었지만 처음으로 즐기면서 공부를 했다. 그 결과 280명 중에서 125등을 했다. 꼴등이 될까 말까 하다가 겨우 중간으로 올라온 것뿐이었지만, 한 학기 공부했다고 나름 훌쩍 오른 등수에 기분이 좋았다. 친구들에 비해 턱없이 낮은 등수인 건 그리 중요한 게 아니었다. 학교에 다닐 이유가 생겼다는 게 중요했다. 유치한 장난을 치고, 시답잖은 수다를 떨고 그림을 그리고 간식을 나눠먹는 게 즐거웠다. 자연스레 혼자 생각을 할 시간이 적어졌고 그렇게 그날은 잊혀졌다. 그렇다고 우울 증상이 온전히 가라앉은 건 아니었지만 스스로 우울하다는 걸 인지하지 못하고 있었다. 펑펑 울었던 5시간, 아빠에게 부정당하던 순간의 가슴 철렁함. 울적함에 잠겨 자가 진단 테스트를 하던 모든 일들을 통째로 잊어버렸다. 무의식적으로 느꼈을 거다. 이 기억을 계속 가지고 가기엔 내가 너무 고통스러울 거란 걸. 그렇기에 나는 정신과에 가는 걸 포기하고, 엄마 아빠로부터 거절당한 충격에서 벗어나기로 마음을 먹었었나 보다.

다행히 마음 맞는 친구 하나를 깊게 사귀면서 우울에서 어느 정도 헤어나올 수 있었다. 특별한 건 없었다. 수업 시간에 서로 장난을 치고 낙서를 하며 키득거리고, 점심시간에 같이 수다를 떨거나 운동을 했다. 처음으로 교환 일기도 써보았다. 친구들에게 좀처럼 곁을 내주지 못하고, 혼자서 정해둔 선을 넘기라도 하면 친구에게서 훌쩍 멀어지곤 했던지라 처음으로 선 안으로 들어온 친구라는 존재에 기분이 싱숭생숭했다. 그 어색하면서도 싫지 않은 감정에 푹 잠겨 잔잔한 수면 위에 떠 있는 것 같은 시간들을 보냈다. 곪아버린 속도 묻어둔 기억과 함께 차차 사그라들고 있었다.

나는 어릴 적 아빠에 대한
공포심이 아주 컸다.

아빠가 큰 소리를 낼 때면
늘 울음이 터졌다.

아빠는
말도 안 되는 걸로
트집을 잡아
화를 내고 꾸짖었다.

넌 매가 무섭니, 내가 무섭니?

피멍이 들 때까지
매질을 하고선,
대답 못 할 질문으로
숨통을 조여왔다.

아빠의 폭력에서
벗어나기 위해
상냥한 말투를 배워야만 했다.

그렇게 내 의지와는
상관없이 거북한 상냥함이
내 몸에 배었다.

○

"천천히 하셔도 괜찮아요."

택시 기사님은 그리 말하셨다. 나를 안쓰럽게 보시는 것도 같았다. 방학식을 하고 짐이 많아 학교 앞에서 택시를 탄 날이었다. 나는 택시를 타며 기사님께 웃으며 인사했다. 그리고 도착지까지 가는 내내 손을 쉬지 않고 꼼지락거렸다. 택시가 서자마자 내릴 요량으로 집 앞에 가까워지자 책가방을 부랴부랴 다시 멨다. 들고 탄 짐도 황급히 챙겼는데, 그 모습을 지켜보시던 기사님이 천천히 해도 괜찮다며 나를 달랬다. 나는 그 말에 어색한 웃음을 지었다. "…네, 감사합니다. 안녕히 가세요." 기사님께 꾸벅 인사를 하고 발걸음을 재촉했다.

나는 다른 사람에게 폐를 끼치진 않을지, 불친절하게

보이진 않을지 안절부절못했다. 특히 덩치가 큰 남자나 중년의 남자에게는 무의식적으로 불안감을 느꼈다. 애인도 예외는 아니었다. 지금은 듬직하기만 한 그의 몸집은 한때 나의 고민거리였다. 누군가를 사귄다면 빼빼 마르고, 나보다 약해 보이는 상대와 사귀어야겠다고 생각했다. 어느 날은 남자인 친구의 덩치가 아빠와 비슷해 그의 손이 내 얼굴 가까이 다가왔을 때 흠칫 놀란 적도 있었다. 큰 덩치와 벌어진 어깨, 근육은 누군가에겐 매력이었지만 나에겐 두려움의 대상이었다. 그럴 때마다 나는 느꼈다. 이 공포가, 불안감이, 다른 사람에게 누가 되지 않으려는 발악이 아빠에서 비롯됐다는 것을.

친절하다, 착하다는 말을 듣는 게 조금도 기쁘지 않았다. 그럴수록 서러웠다. 겁먹은 내 어린 시절을 그리다가 운 적도 수없이 많았다. 과거로 돌아갈 수 있다면 그 작은 손을 잡고 어디로든 도망가고 싶었다. 두 손을 꼭 잡고 네가 잘못을 했다고 맞는 것은 불합리하다고 전해주고 싶었다. 다리에 든 시퍼런 멍이 네 탓이라 생각하지 말라고 당부하고 싶었다.

어린 나는 "네가 잘못해서 때리는 거야." "너를 사랑해서 그러는 거야. 사랑하지 않으면 잘못을 저질러도 그러려니 하겠지." " 나도 너를 때리고 싶지 않아."와 같은 말들을 철썩 같이 믿었다. 그래, 내가 못해서 그래, 아빠도 나를 위해서 그러는 걸 거야. 욱신거리는 다리를 이끌고 이부자리에 누우면 내 마음만큼 검은 천장을 보면서 의구심이 피어오르는 날도 많았지만 어떻게든 나를 다독였다. 나에게 부모님은 하늘이고 세상이었기에, 그들의 말이 틀렸다고 생각하는 건 상상도 못 할 일이었다. 조금씩 머리가 크고 나서야, 아빠의 행동이 내 행동을 교정하기 위한 체벌이 아닌 화풀이를 위한 폭력이었음을 알게 되었다. 그러나 그땐 이미 아빠의 비유를 맞추기 위한 억지 상냥함이 몸에 밴 후였다. 내가 폭력에 노출된 시간들은 덩치 큰 사람과, 다가오는 손, 중년 남성에 대한 트라우마를 갖기에 충분했다.

지금은 많이 줄었지만, 중년 남성들에겐 나도 모르게 과도한 친절을 베풀 때가 많다. 그들 앞에선 환하게 웃고, 되도 않는 참견에도 하나하나 대답해주고 끝까지 친절하

게 보이려 애쓴다. 그러고 나면 어릴 적 멍든 다리로 올려
다보던 검은 천장이 떠오른다. 친절하고 상냥한 성격이
좋으면서도 싫은 복잡한 기분이다.

나의 우울한 과거

…를 모르는 사람들.

새로운 환경,

새로운 시작.

나는 '되고 싶은'
나를 그려나가기로 했다.

거의 백지와 같은 곳에서
원하는 내 모습을 그리는 건
생각보다 수월했다.

마음이 간질간질,
구름 위를 걷는 것 같았지만

한편으로는 이렇게 살지 못했던
과거의 내가 안쓰럽게 느껴졌다.

o

중학교를 졸업하게 되었을 때, 고등학생이라는 타이
틀은 나와 어울리지 않는다고 생각했다. 그러나 한 가지
분명했던 건 좋은 기억만큼 잊고 싶은 기억도 많았던 중
학교를 떠난다고 했을 때 아쉬운 마음은 전혀 들지 않았
다는 것. 진학할 고등학교에는 아는 얼굴이 별로 없다는
게 좋았다. 설레기도 하고, 두려워하기도 하면서 입학 날
만을 기다렸다.

새 학기가 시작되고, 등교한 학교는 백지 상태와 같았
다. 새롭게 시작할 수 있을 것 같아 마음에 쏙 들었다. 내
가 바라던 모습으로 바뀌어보기로 했다. 내가 바라던 모
습으로. 수업 시간에 더 이상 자지 않았고, 수업이 시작되
기 전에 예습을 하고, 수업 시간엔 누구보다 앞장서 선생
님의 질문에 대답했다. 억지로 책상에 엎드려 있었던 지

난날들을 뒤로하고, 뒤처졌던 만큼 바쁘게 살았다. 동아리 3곳에 지원해 활동했고, 부원들과는 도에서 지원하는 프로젝트에 참가 신청을 했다. 조별 활동을 할 때면 늘 앞장서서 이끌었고, 참여하지 않거나 의욕 없어 보이는 친구들을 챙기려 애썼다. 학년 말에는 과목 선생님께서 나는 어느 조에 넣어도 괜찮았다며 고맙다고 상을 주실 정도였다. 여러 상들을 받아 어리둥절하기도 했다. 나에 대한 선생님들의 신뢰는 높아져 "역시 현지니까." "현지는 믿을만하다니까."라고 말씀하시기 시작했다. 나를 골칫거리로 보던 중학교 때의 선생님들의 반응과는 사뭇 달랐다.

학업에 집중하면서, 친구들과의 관계도 신경 쓰다 보니 시간이 부족했다. 바쁘게 하루를 보내고 집에 오면 금방 피곤해져 밤새 울적한 생각을 하는 날도 줄었다. 내가 바라던 모습으로 살아갈 수 있어 기쁜 하루하루였다. 마음은 안정을 찾고 첫 연애를 시작했다. 사랑하는 사람과 만족스러운 내 모습, 주변 사람들의 인정으로 인해 매일 폭신한 구름 위를 나풀거리며 뛰는 기분이었다. 세상이 분홍빛이라는 게 이런 걸까, 실감했다. 우울함을 모르는 사람들은 평소 이런 기분으로 사는구나. 감탄을 자아내는 시간들이었다.

그렇게 나는 우울로부터 졸업을 했다고 생각했다.

종말

하늘.

나에게 부모는 하늘이었다.

나를 지켜주고,
나를 존재하게 한 존재.

그런데 어느 날부터인가
하늘은 요란한 소리를 냈다.

"엄마 아빠
법원 앞까지 다녀왔었어."

"엄마랑 아빠 중에
누구랑 살지 골라."

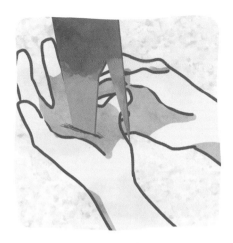

모진 말들로 나를 몰아붙였다.

무너져 내리는 하늘 아래서
벗어날 길을 나는 몰랐다.

○

　밝고 적극적인 아이. 누구나 나를 그렇게 소개할 때쯤, 엄마 아빠에게서 이혼 얘기가 나왔다.

　부모님은 내 삶에서 차지하는 비중이 무척 컸다. (이후 내 상담을 담당하신 상담사 선생님의 말에 따르면 또래와 달리 부모님에 대한 이야기가 압도적으로 많다고 말씀해주셨다.) 나에게 부모님은 기둥이라는 단어로도, 지붕이라는 단어로도 표현하기 부족했다. 물론 내 또래의 모든 아이들에게 그렇지만, 그런 나에게 부모님이 이혼을 하실 수도 있다는 사실은 실로 큰 충격이었다. 우울증인 것 같다는 얘기를 하고서 거절당한 상처를 겨우 덮어놨는데, 이번엔 하늘이 무너지는 것 같았다.

　말로만 그러시는 걸 거라며 스스로를 달래던 어느 날, 두 사람이 법원에 다녀왔다는 얘기를 들려주었다. 쿵. 심장이 저만치 아래로 뛰어내린 것만 같았다. 그래도 그냥 돌아오셨으니 되었다며 놀란 마음을 겨우 달랬다.

그렇게 무너져 내리는 하늘을 애써 손으로 가렸다. 그러나 손으로 가린다고 해서 하늘에서 떨어진 조각들이 절로 붙는 건 아니었다. 방문 너머로 언성을 높여가며 주고받는 대화가 또렷이 들리던 날, 두 사람은 나를 불러 물었다.

"앉아봐. 엄마랑 아빠 중에 누구랑 살지 선택해."

사실 물어봤다는 표현이 어울리는지는 잘 모르겠다. 답을 할 수 있을 거라 생각하고 한 질문이 아니라고 생각했기 때문이다. 답 못할 질문. 그 질문에 정말 답을 해야 하는 날이 오는 건 아닐까 조마조마해 하며 허공을 바라봤다. 나는 좌절한 얼굴을 하지도, 눈물을 흘리지도 부모님을 말리지도 않았다. 안 된다고 매달려 말릴 수 있다고 하더라도 허울뿐인 관계를 억지로 잡아두는 게 무슨 의미가 있을까 싶어서이기도 했고, 어찌 반응해야 할지 도

무지 몰랐기 때문이기도 했다. 그렇게 상황을 벗어나려 애쓰다가 내가 무너지고 있다는 것도 몰랐다.

하지만 나는 착실하게 무너져 내리고 있었다. 인정받고 싶고, 성적을 잘 받고 싶은 욕심은 그대로였지만 컨디션이 바닥을 찍었다. 수행 평가 점수를 조금만 낮게 받아도 아쉬움에 더 덤벼들던 전과 달리, 손을 대지도 않았다. 수업 시간엔 잠으로 도망가고 싶었다. 하지만 쌓아온 이미지를 망치고 싶지 않아 그럴 수는 없는 노릇이었다. 귀에 잘 들어오지도 않는 수업을 일단 억지로 받아적고 봤다. 나중에 복습이라도 시도해볼 요량이었지만 다시 펼쳐보지도 않았다. 하늘이 무너져가는데 무엇이 손에 잡힐까. 하릴없이, 멍하게 시간을 죽였다. 빨리 시험이 끝나기만을 바랐다. 하늘이 다시 붙게 해달라고 빌거나, 현실을 부정하거나 하지도 못 했다. 그저 끙끙 앓으면서 초조하게 무너지는 하늘을 지켜볼 뿐이었다.

그렇게 시험 날이 다가왔고, 누가 심장 위에 돌탑이라도 세운 것 같은 갑갑함을 느꼈다. 내가 쌓아온 것들은 와

르르 무너져가기 바쁜데 그 돌탑만큼은 굳건했다. 굳건
하다 못해 높이를 높여가고 있었다. 아득했다. 방 너머로
부모님의 대화가 새어 들어올 때면 귀를 틀어막고 싶으
면서도, 불안한 마음에 어떤 얘기를 하는지 듣고 싶어 신
경 쓰느라 아무것도 하지 못했다. 다 듣고 나면 마음은 더
착잡해져 잠에 들지 못했다. 아무것도 보이지 않는 깜깜
한 방 안에 하늘에서 떨어진 조각들이 눈앞에 흩어졌다.
깨진 조각들만 선명하게 보일 뿐이었다.

내 몸이 이상해

선생님의 입을 막고 싶다는 생각이 들었다.

글자가 하나도 눈에 들어오지 않았고

기침도, 콧물 증상도 없이
몸살 기운이 느껴졌다.

식은땀이 흐르고
호흡은 가빠졌다.

당장이라도
자리를 박차고
나가고 싶었다.

누군가 머리를
내려치는 것만
같았지만

꾸역꾸역 문제를 풀며
4일 간의 시험 기간을
버텼는데

시험 마지막 날
교문을 나서자

거짓말처럼
증상이
말끔히 사라졌다.

○

　부모님이 한창 이혼 얘기를 하던 때는 마침 시험 기간이었다. 수행 평가는 제출도 못 했고, 공부도 하지 못해 머릿속은 백지였다. 아침 일찍부터 자리에 앉아 공부한 걸 암기하고, 삼삼오오 모여 서로 묻고 답하는 친구들 사이에 나는 혼자 동떨어져 있었다. 빈 책상만 멍하니 바라보다 교과서를 꺼냈다. 시험 범위가 어디였더라. 기억이 나지 않아 수업 시간에 진도를 나갔던 페이지를 대강 펼쳐놓고 멍을 때렸다. 일찍 오지 말걸 하는 후회가 일었다. 공부에 관심이 없던 친구들도 그날만큼은 두어 개라도 더 맞으려고 벼락치기 공부를 하느라 바빴다. 그 모습을 보는 것만으로도 속이 울렁거렸다.

　시험 첫날, 첫 교시가 시작되지도 않았는데 마지막 날의 하굣길만 상상하고 있었다. 이제 시험을 시작하겠다는 선생님의 말에, 자리를 박차고 일어나 어디론가 달려가고 싶었다. 숨이 막혔다. 그러나 야속한 시험지만 내 앞에 놓여졌다.

내신을 망치는 것에 대한 두려움이 신체 증상으로 나타난다고 막연하게 생각했다. 받은 시험지에서 눈에 들어오는 글자는 아무것도 없었다. 분명 한글인데 흰 종이와 글씨만 구분해낼 뿐이었다. 숨이 점차 가빠왔다. 이내 식은땀이 흘렀고, 파르르 손이 떨렸다. 머리는 쥐라도 난 모양이었다. 펑펑 울고 싶었다. 내가 왜 이러지, 이번에 공부를 못 한 걸 스스로 잘 아는데. 예전에는 그렇게 시험을 망쳐도, 9점을 맞았다는 말에도 빵점은 아니니까 다행이라며 장난스럽게 웃어넘기곤 했었는데. 공부는 하나도 안 해놓고 왜 이렇게 벌벌대는지 나 자신을 이해할 수 없었다. 그 전에는 모르는 문제가 나와도, 틀려도 절망하기보단 하나 모르는 걸 배워간다고, 아쉽지만 다음번엔 더 주의해야겠다고 생각하며 가볍게 넘겼었다. 그런데 내 몸은 살려달라, 이 교실에서 벗어나게 해달라고 아우성쳤고, 나는 그런 내 몸의 발버둥을 이해하지 못했다.

그렇게 시험 첫날을 보냈다. 아무것도 담지 않은 빈 가방을 메고 교문을 나섰지만, 마음은 가볍지 못했다. 집으로 돌아가 이불에 몸을 파묻어도 증상이 조금 나아질 뿐이었다. 꾸역꾸역 먹기 싫은 밥을 입에 쑤셔넣는 것 마냥 시간을 보냈다. 앞이 막막할 때쯤, 드디어 오지 않을 것만 같던 마지막 시험 날, 마지막 과목 시험이 막을 내렸다. 즐겁진 않았다. 후련한 감정도 들지 않았다. 시험이 끝나 가방을 챙기는데도 온전히 사라지지 않는 증상이 의아할 뿐이었다. 시험을 망치는 것에 대한 심리적 부담감 때문이라고 생각했는데, 정말 어디가 아픈 건가 싶었다. 그런 생각을 하며 학교를 나와 교문으로 향하는 내리막길을 걸어 내려갔다. 그렇게 시험이 끝나 잔뜩 흥이 오른 학생들 사이로 온전히 학교 밖으로 나왔다. 활짝 열린 학교 정문 앞에서, 나는 발걸음을 늦추다 이내 멈추었다. 당황스러웠다. 언제 그렇게 끙끙 앓았냐는 듯이 몸이 말끔했다. 묵직했던 마음도 조금은 후련해졌고, 두통도, 몸살도, 떨리던 손도 학교에 저주라도 걸려 있던 것처럼 학교를 벗어나기가 무섭게 아무렇지 않았다.

그때는 몰랐지만, 그 증상들은 우울과 그 우울이 불러온 결과들이 나를 갉아먹어 바스라지는 시발점이었다. 나는 그날 이후로 밝았던 내 모습을 누가 지우기라도 한 듯 내 의지와는 상관없이, 다시 만날 일 없다 여겼던 과거로 돌아가야만 했다. 어쩌면 더 최악인 상태로. 내가 요즘 분에 넘치게 행복해서 그때 오지 않았던 불행이 파도처럼 밀려오는 걸까. 나는 천천히 가라앉기 시작했다.

뒤로 감기

그날 이후,

내 상태는 누가 뒤로 감기라도 한 것처럼
중학교 때로 돌아가기 시작했다.

바닥을 치는 성적

무기력

친구들과의 거리감

벗어났다고 생각했는데,
다시 찾아온 우울은 너무나도 아팠다.

그 새벽

과제를 하다가,

버스를 타고 집에 가다가도,

잠들고 싶은
깊고 깊은 밤에,

눈물은 고장 난
수도꼭지처럼
울컥거리며
쏟아져 나왔다.

그러기를 며칠째,

곧이어 편두통이 찾아왔다.

머리에 못을 박는 듯한 통증이 느껴지는 중에
잊고 있었던 병원이 떠올랐다.

쿵쿵, 벽에 머리를 연신 받았다.
부딪히는 순간엔 두통이 느껴지지 않았으니까.

고통스러웠던 새벽,
다시 한번 병원 방문을 다짐했다.

썩은 동아줄

지난밤보다는 느리게,
그러나 여전히
강하게 울리는 머리를
부여잡으며
아침을 맞았다.

엄마에게 말했다.
정신과에 가봐야 할 것 같다고.

머리가 아파
제 머리를 스스로
내려쳐야 하는 상황에도,
돌아오는 답은 같았다.

머리가 금 갈 것 같이
느껴지는 걸
꾹꾹 참으며 말해야 했다.

내가 학교에 못 가겠다고 한 적이 있냐고.
지금이 그렇다고.

남들의 시선이 다 무슨 의미냐고,
일단 내가 살고 봐야 하는 거 아니냐고.

...선생님한테 연락해.

엄마는 내 말을 조용히 듣다가 입을 뗐다.

정신과에 가자는 말이었다.
와락, 손에 힘이 들어갔다.

검사 결과

생각보다 많은 검사를 해야 했다.

그리고 조금의 기다림 끝에,
'자살 위험군 우울증'이라는 말을 들었다.

오랜 시간 방치된
　우울증 환자에게
많이 보이는 유형이라고 했지만,

걱정되기는커녕,
검사 결과에
안도감이 들었다.

험난했지만
이렇게 병원에 왔으니
이제 치료받을 일만
남았구나, 하고.

잠시지만
하늘에 떠 있는 듯한
기분이었다.

결과를 듣기까지의 시간들이
머릿속에 스쳐 지나갔다.

o

정신과는 내게 꼭 가고 싶은 곳이었다. 어떤 곳일지 걱정되지 않았고, 어떤 방식의 진료를 하든지 상관없다고 생각했다. 나에게는 두려운 곳도, 겁나는 곳도 아니었다. 그저 무작정 가고 싶은 장소.

예상대로 다른 병원과 별반 다르지 않았다. 대기실 소파에서 잠시 기다리다 진료실에 들어가 의사 선생님과 얘기를 나눴다. 하염없이 흘러나오는 눈물을 주체하지 못하면서도 계속 말을 이어갔다. 어떻게 오게 되었냐는 질문 하나에 답하는 데에도 오랜 시간이 걸렸다. 선생님은 덤덤하게 들으시다가, 검사를 해보자고 말씀하셨다. 선생님이 안내한 곳으로 걸어가 긴 책상과 의자만 덩그러니 놓인 방에 들어섰다. 다섯 종류의 검사지가 책상 위에 일렬로 놓여 있었다.

검사지는 질문들로 가득했다. 기억나는 질문은 자살 생각이 있느냐는 문항. 하나하나 솔직하게 체크해나갔다. 검사지 하나를 마치면, 간호사 선생님을 불러 반납하고 또 작성하고 반납하고…. 그렇게 검사지 작성을 모두 마쳤다. 그리고 생각보다 빨리, 결과를 받아볼 수 있었다. 선생님은 나를 보며 말씀하셨다. "자살 위험군 우울증이에요. 오랜 기간 방치된 우울증에서 많이 보여요." 그렇게 얘기하시며 보통보다 높이 솟은 그래프에 동그라미를 쳤다. 그 외에도 여러 이야기를 하셨는데 의사 선생님은 주로 엄마에게 말씀하셨다. 붉은 원 안에 솟아 있는 그래프를 바라봤다. 나 정말 우울증이구나.

집으로 돌아와 침대에 가만히 앉아 받은 약들을 만지작거렸다. 정말로 내가 정신과를 다녀왔구나. 우울증이 맞구나. 몇 년간 그렇게 바라던 걸 몇 시간 사이 이뤄냈다니 조금은 허탈했다. 또 한편으론 원망스러웠다. 몇 년만 일찍 왔다면 별 탈 없이 잘 지낼 수 있지 않았을까. 우울증인 것 같다고 얘기했을 때, 병원에 가고 싶다고 얘기했을 때 바로 병원에 왔었더라면 학교에 가지 못할 정도로 심해지진 않았을 텐데. 서러웠다. 기회는 많았는데 가벼이 여긴 부모님이 미웠다.

그날 병원에 가지 못했다면, 난 어떻게 되었을까. 다행이라는 안도감과 허탈감이 뒤섞여 미묘한 기분이었다. 지난날들이 떠올랐다. 펑펑 울면서 자가 진단을 하고, 비웃음을 듣고, 거절당하던 순간들. 머릿속에서 나도 모르게 잊고 지낼 정도로 아픈 기억들도 있었지만 다시 떠올리니 담담했다. 여전히 우울하고 무기력했지만 상담을 받을 수 있게 되었고, 약을 먹으면 적어도 학교에서 버텨볼 수 있겠다는 생각에 옅은 미소가 떠올랐다.

어느 날엔가 우울증에 대해 찾아보던 중 알게 된 사실인데, 우울증은 다 나을 때까지 10년보다 더 긴 시긴이 걸릴 수도, 죽을 때까지 약을 달고 살 수도 있다고 했다. 그러나 두려움보다는 안도감을 느낀다. 드디어 정신과에 다닐 수 있게 되었으니. 굳이 사서 걱정하고 싶진 않았으니까. 그날 마음엔 종일 잔잔함과 기쁨이 일었다.

사랑의 이면

어릴 적엔 장난감이 정말 많았다.
대충 세어도 50개는 족히 되었다.

100컬레가 넘는 신발이 내 것이었고,

초등학교 저학년 때까지는
등굣길에 아빠가
나를 업어다 주었다.

십만 원이 넘는
돈을 잃어버려도
개의치 않을 정도로
많은 용돈을 받았다.

우리 집은 절대 부유하지 않았다.
원룸에서 네 식구가
빠듯하게 누워 자야 했고,
집에는 화장실조차 없었다.

사람들은 말한다.
내가 정말 곱게 자랐다고,
사랑받으면서 컸다고.

나는 그럴 때마다 어색하게 웃어넘겼다.

다 사랑해서 그러시는 거야.

폭력이랑은 다르지.

그게 폭력이면
우리나라 부모들
다 잡혀간다!

나 때는 더한 집
많았다. 엄살피우지 마.

그 누구도 내가 당한 폭력을
심각하게 받아들이지 않았다.

부모님이 널 그렇게 사랑하는데,
그럴 리 없다는 듯 넘겨버렸다.

o

　많은 사람들이 사랑, 애정과 폭력, 학대는 공존할 수 없다고 생각한다. '너한테 돈을 그만큼이나 썼는데 그런다고?' '애정이 없으면 할 수 없는 행동인데?' 하고 말이다. 그들의 의구심이 쉽게 해소되어, '거 봐, 아니라니까.' 하며 웃고 지나갈 수 있다면 좋겠지만 세상에는 폭력과 학대를 사랑과 애정을 표현하는 하나의 방법이라고 생각하는 이들이 많다.

　나는 엄마 아빠의 첫 아이여서일까, 사랑을 듬뿍 받고 사랐다. 어린 시절 사진을 보면 내가 가득한 장난감에 둘러싸여 있었다. 크고 작은 인형들부터 시작해서, 조립하는 장난감, 누르면 소리가 나는 장난감까지. 장난감이란 장난감은 모두 있었다. 그 시절, 걸을 일이 그리 많지도 않은데 내 신발은 100켤레가 훌쩍 넘었다. 장을 보러 대형 할인점에 갈 때마다 신발을 하나둘 산 결과였다. 기억 속엔 내가 걸어서 학교에 간 기억이 없었는데, 알고 보니 초등학교 저학년 때까지 아빠가 나를 업어주거나 목말을 태워 데려다주었기 때문이었다. 조금 더 커서는 딱히 용돈에 대해 걱정을 한 적이 없었다. 친구들과 놀거나 학원을 갈 때면, 아빠는 용돈이 필요하지 않느냐며 먼저 돈을 주셨고, 다 쓰기도 전에 또 받았기 때문이었다. 그래서 늘 내 간식과 함께 친구들 것까지 사곤 했다. 그래도 동네에서만 노는 초등학생이 돈을 쓸 수 있는 장소라곤 분식집, 문구점 정도가 전부였기에 지갑은 점점 배를 불렸다.

그러던 어느 날, 지갑을 잃어버렸다. 10만 원이 넘는 돈은 그때의 나에게도, 지금의 나에게도 절대 적은 금액이 아니었지만, 나는 지우개 하나 잃어버린 정도로 여겼다. 아깝다는 생각은 들었지만, 시간이 지나면 다시 찰 돈이기에 별로 개의치 않았고, 크게 혼날 거라고 생각하지도 않았다. 그날 오후, 부모님에게 지갑을 잃어버렸다고 말씀드렸으나 예상대로 혼나지 않았다. 다음부턴 더 잘 챙기라며 웃어넘길 뿐이었다. 이런 내 어린 시절 얘기를 듣는 사람들은 '사랑받으면서 유복하게 살았구나.' 하고 생각하기 쉽지만, 전혀 아니었다.

엄마 아빠가 사랑을 표현하는 방식은 자주 엇나갔다. 내가 그들이 원하는 방향을 따르지 않으면, 내가 가려는 방향은 무조건 틀렸고 본인들의 생각만이 옳다고 강요했다. 그리고는 '다 너를 위해서'라는 말만 돌아왔다. 한 번 맞기 시작하면 푸른 멍이 들어야만 매를 그쳤고, 부부 싸움을 하거나 밖에서 기분 나쁜 일을 겪은 날이면 나와 동생에게 화풀이를 했다. 노크 없이 방문을 열고선 언성을 높였고, 화까지 낼 일이 아닌 일에도 버럭 화를 냈다. 훈육이라는 이름 아래 많은 폭력을 겪었고, 교육이라는 이름 아래 생존에 필수적인 의식주와 관련된 수많은 협박을 받았다.

나는 부모님에게 많은 사랑을 받았지만, 그 사랑이 내가 당해온 폭력, 협박을 덮어주지는 못했다. 평생을 행복하게만 살아온 사람도 작은 불행 하나에도 모래성처럼 무너져 내리기 마련이다. 나는 사랑받은 것 이상으로 외

면당하고 짓밟혔다. 차라리 부모님이 나를 싫어하고, 무책임한 사람들이었으면 좋겠다고 생각했다. 아니면 나라도 모질 수 있다면 좋겠다고 생각했다. 마음껏 증오하고, 미워하고, 저주할 수 있게.

내가 그들에게서 받은 게 사랑만은 아니라는 걸 안다. 사랑도, 학대도 분명히 있었다. 그럼 나는 감사해야 하는 걸까, 증오해야 하는 걸까. 누군가는 용서하고 잊어버리는 게 가장 빠른 방법이라고 말하지만, 나에겐 아직 어렵다. 섣불리 잊으려다가 내가 누군가에게 사랑이라는 이름 아래 고통을 주게 될까 봐, 잊어서는 안 되겠다고 생각한다. 감사할 것엔 감사함을 갖고, 잊어선 안 되는 일은 꼭 기억하자고 다짐한다. 언젠가 그들이 더는 내게 어떠한 폭력도 행하지 않을 때, 증오의 감정이 무뎌지고, 덤덤하게 회상을 할 수 있을 때가 되면 용서하자고. 지금은 드라마나 영화, 혹은 뉴스에서 내가 당해온 것들이 등장할 때마다 다시금 떠올리곤 한다. 부모님이 내게 한 행동들을. 그리고 그게 무슨 대수냐는 듯 반응한 어른들을. 사랑과 학대는 공존할 수 없다며 내 말을 믿지 않던 사람들을.

개

개는 주인의 부정적인 감정에
큰 영향을 받는다.

보호자가 우울한
모습을 보이면
같이 불행해질 가능성이
높은 것이다.

끼잉
낑

그래서 개 앞에서
우울해하거나,
불안정한 모습을 보이거나
우는 일은 최대한 피해야 한다.

의도치 않아도 개에게
정서적 학대가
될 수 있기 때문이다.

부모와 자식 간에도
마찬가지다.

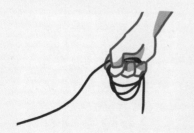

부모에 대한 의존도가
절대적인 미성년자에게
부모는 주인이나 다름없다.

자식의 삶을 휘두를 수 있는
부모에게 자식은 개다.

○

개의 의사와는 관계없이 개는 반려인의 소유가 된다. 개가 먹을 것, 입을 것, 잘 곳, 배울 것, 모든 걸 반려인이 선택한다. 반려인에게 의존도가 높을 수밖에 없는 개는 보호자의 정서가 불안정해지면 눈치를 보며 두려워하기도 한다. 보호자가 슬퍼하면, 개 역시 슬픔을 느낀다. 사람과 말이라도 통한다면 좋을 텐데, 하는 생각이 든다.

반려인과 반려견처럼, 보호자와 피보호자에 놓인 관계가 또 있다. 부모와 자식이다. 부모님은 말했다. 내가 너를 먹여 살리고, 입히고, 재우는 사람이라고. 그래서 내가 자신들의 뜻대로 행동하지 않으면 밥을 굶기거나, 지금까지 해줬던 것들을 뱉어내라며 언성을 높였다. 속옷 바람으로 집밖으로 내쫓기도 하고, 몰라도 될 집안 사정을 낱낱이 들려주며 압박하기도 했다. 엄마와 아빠가 싸

우는 장면은 보호가 필요한 나에게 자주 노출됐고, 내게 본인들의 한탄을 늘어놓았다. 나는 그럴 때마다 감정 쓰레기통이 된 것만 같았다.

보호자는 피보호자를 '보호할' 의무가 있다. 피보호자가 생활할 수 있도록 먹이고, 재우고, 교육시킬 의무가 있다. '보호받아야 하는' 피보호자에게 보호의 대가를 요구하거나 난폭한 언어 사용은 분명 정서적인 폭력이자 학대였다. 폭력은 거기서 그치지 않고, 물리적인 폭력으로도 이어졌다. 체벌이 아니었다. 목적이 바르지 않은, 자신들의 감정만이 실린 폭력이었다.

"너를 사랑해서 그러는 거야."
"네가 싫었으면 이렇게 하지도 않아."
폭력을 사랑으로 가장한 채 부모님은 나를 이리저리 휘둘렀다. 신고를 할 수도, 저항을 할 수도 없었다. 나는 순응하는 것 외엔 달리 할 바를 알지 못했다. 학대받는 개들이 두려움에 떨면서도 여전히 주인 뒤를 졸졸 따라다니듯이.

우울증의 증상

나는 우울증에 걸리고
여러 증상과 만났다.

아무것도 하기 싫고
의욕이 없어,
보건실에 있는
시간이 점점 늘었다.

때를 가리지 않고
올라오는 우울감에
눈물이 마르지 않았다.

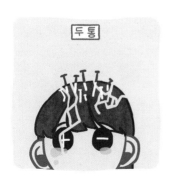

부서질 듯한
두통이 길게는 5시간,
짧게는 30분간 지속됐다.

매장에서
물건 위치를 물어보는 것도
어렵게 느껴졌다.

입술을 피가 날 때까지 뜯고,
늘 두던 자리에 물건이
없으면 초조했다.

쉽게 잠들지 못해
취침 시간은
점점 늦어졌다.

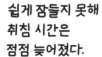

o

가장 처음 맞이한 건, 두통이었다. 심할 때는 5시간, 약할 때는 30분 이내로, 지끈거리는 정도에서 머리를 차라리 벽에 박는 게 나을 정도의 고통이었다. 우울이 심한 날에는 그걸 알려주기라도 하듯이 머리도 같이 울려댔다. 가장 공격적인 증상이기도 해서, 이 증상이 정신과 방문의 결정적인 이유였다. 이외의 것들은 나를 서서히 옭아맸는데, 그중 하나는 불면증이었다. 자고 싶어도 잠이 안 오는 경우도 있었지만, 지나간 하루 동안 내가 일궈낸 게 아무것도 없어 잠 못 드는 날도 많았다. 걱정들이 꼬리에 꼬리를 물고 끝없이 이어지거나 우울에 묻혀 잠들지 못하는 날들도 수없이 많았다.

또 하나는 무기력증이었다. 아무것도 하기 싫어서 게으름인 줄로만 알았다. 그래서 나를 자책했는데 그게 아니었다. 의지와는 상관없이 침대에서 일어나는 것도, 세수를 하는 것도, 끼니를 챙겨먹는 것도 버거워지는 게 무기력증이었다. 서서히 나를 집어삼키는 탓에 내가 무기력증인지도 모른 채 나를 미워했다. 그러는 와중에 불안과 강박이 스멀스멀 피어올랐다. 하고 싶은걸 못 하면 지나치게 불안해했고, 사서 걱정하기의 최고조에 달했다. 거스러미, 손톱과 입술을 뜯는 것에 지나치게 강박적으로 굴었고 그러다 피를 보는 날도 많았다. 불안할 때면 강박이 심해졌고, 그런 나를 보면서 걱정하며 불안해했다.

두통, 불안, 강박, 무기력증, 우울감…. 많은 증상들이 앞다투어 나를 짓이겼다. 자연스레 나는 자신감을 잃었고 자존감도 바닥을 기기 시작했다. 가게에서 찾는 물건이 있었는데, 직원과 대화를 하는 게 두려워 망설이다 매징을 빙빙 놀기를 반복하기도 했다. 직원과 대화를 하며 주문을 하는 게 부담스러워 키오스크가 있는 식당을 골라 찾아갔다. 사람과의 만남과 대화는 나에게 사치였다. 우울증이 힘들겠다고 생각만 하는 것과 직접 뼈에 새겨가며 경험을 하는 것은 당연한 말이지만 천지차이였다.

각자의 아픔

각자가 가진 아픔은 서로 달라서
이해하기 쉽지 않다.

하루하루를 보내는 것조차 버거운 나를 보며,
누군가는 그 모습을 게으름, 반항심, 나태함으로 본다.

아프다고, 힘들다고 말해도
표정을 보면 안다.
거짓말이라고 여긴다는 것을.

때로는 그런 생각을 한다.
내 우울증이 멍으로
드러났으면 좋겠다고.

그러면 적어도 아프다는 말에
그런 표정을 짓지는 않겠지,
하고 말이다.

o

우울증은 증상에 따라 다르지만 겉으로 드러나는 건, 피곤해 보이는 얼굴이나 과하게 빠지거나 찌는 살뿐이다. 나는 증세가 심해지고 나서 수업에 빠질 때가 많았고, 조퇴하는 일도 잦았는데 그런 날이 늘어날수록 친구들이 나에 대해 수군거리는 것이 느껴졌다. 처음에는 대수롭지 않게 생각하고 넘겼지만, 하루에서 이틀, 이틀에서 일주일, 그리고 보름으로 넘어가면서 신경이 쓰이기 시작했다.

10분이 하루 같이 느껴져서 하루하루를 버티는 것이 곤욕스러웠다. 궁금증을 이기지 못한 친구들의 어디 아프냐, 무슨 일 있느냐는 물음에 무어라 대답해야 할지 난감한 적이 많았다. 머리가 아프다고 얘기를 해봤지만, 딱히 믿는 눈치는 아니었다. 빽빽하게 채우던 수행 평가지를 백지로 내는 모습이나, 이전 같았으면 열심히 필기를 했을 텐데 딴짓을 하거나 멍을 때리는 수업 시간의 태도가, 모두가 참여하는 체육 시간마다 선생님의 허락 아래 가만히 앉아 책만 팔락거리는 내 모습이 이상하게 보일 수 있다고는 생각했다. 그러나 우울증 때문이라고 얘기하거나, 내가 왜 이러는지 하나하나 설명해줄 수 있는 노릇도 아니었다.

악의 없이 호기심 어린, 혹은 이해되지 않는다는 눈빛들 속에서 자연스레 갑갑함을 느꼈다. 그런 날들이 늘어가자 자연스레 학교라는 공간이 거북하게 느껴졌다. 탓할 수도 없었다. 나라도 의아했겠다. 공부를 안 하거나, 관심이 없던 애도 아닌데 가장 중요한 시험을 앞두고 평소답지 않게 군다면 말이다. 불안정힌 내 모습은 눈에 띌 수밖에 없었다.

보통은 상처가 겉으로 드러나는 것을 꺼린다. 감기, 몸살, 복통은 행동이나 외관으로 드러나기 마련이라, 사람들은 바로 알아차리고 배려를 해주거나 걱정을 해주지만 좀 더 중증 질환으로 가면 사회적인 편견이나 차별 때문에 곤욕을 치르기도 하기 때문이다. 그 곤란함을 알지만, 때로는 내가 힘든 만큼 겉으로 드러났으면 좋겠다는 생각이 들었다. 힘들다고, 지친다고, 버겁다고 얘기하지 않아도 사람들이 알 수 있게 말이다. 언젠가 사람들의 배려가 불편해지는 날이 오고 나를 환자로 보는 눈길이 불쾌하게 느껴지는 날들이 올지 모르지만, 가끔은 티가 났으면 좋겠다. 이상한 사람보다는 아픈 사람, 환자 취급을 받는 게 훨씬 나을 것 같으니까.

대피소

전에는 다치는 일이 있어도
잘 가지 않던 보건실이었다.

지금은 나를 잘 아는
보건 선생님이 계시고,

무기력해
널브러져 있어도

나를 이상하게 보는
시선과 수군거림 없는,

숨통을 트일 수 있는
대피소다.

○

수업 중에 보건실에 가려면 확인증을 받아야 하기 때문에 번거로운 일이었다. 쉬는 시간에 가자니 시간이 아까웠다. 그런데 언젠가부터 나에게 보건실은 숨 막히는 학교생활로부터 도망치는 대피소가 되었다.

우울증 진단을 받고 나서 스트레스로 인해 두통, 복통, 소화 불량 때문에 자연스레 보건실을 찾게 되었다. 방문 횟수가 늘다 보니 보건 선생님과 이런저런 대화를 나누게 됐고, 선생님에 대한 신뢰가 생겨 우울증임을 털어놓게 됐다. 이후 자연스레 관련된 얘기들을 나눴고, 어느 순간 학교에서는 버티는 일이 전부였던 나는 곧잘 보건실로 향했다. 보건 선생님은 이러다 수업 시간에 교실에 들어가는 게 두려워질 수도 있다며 걱정해주셨지만 보건실에서 자는 잠은 너무나 달콤하게 느껴졌다. 버거울 때만 찾아가던 게 의존적으로 변해갔다. 결국, 보건 선생님의 우려대로 보건실에서 잠을 청하는 시간은 늘어, 심할 때 온종일 보건실에 머물다 하교하는 날도 있었다.

　간이침대에서 이불을 머리끝까지 푹 눌러쓰고 눈을 꼭 감아봐도 잠이 안 오거나, 수업을 빠지는 대신 다른 것에라도 집중해보려 할 땐 책을 읽거나, 그림을 그리기도 했다. 어떤 날엔 선생님과 우울증에 관해서, 우울을 이겨내는 방법들에 관해서 얘기를 나눴다. 우울할수록 더 활동적으로 행동해야 한다, 규칙적으로 식사해야 한다, 여러 방법을 얘기해주셨다. 그렇게 보건실로의 달콤한 도피를 반복했다. 하지만 수업 시간 동안 교실에 있지 않은 시간은 수업 시간으로 인정받을 수 없었고, 이대로 가다간 졸업을 몇 달 앞두고 학교를 더 다녀야 할 판이었다. 생각만 해도 끔찍했다. 3학년 1학기마저 지나 자퇴를 할 수도 없었고, 학업중단숙려제를 쓸 수도 없었다. 어쩔 수 없이 다시 교실로 향해야 했지만, 참고 참다 너무 버거운 날엔 보건실로 향했다. 그러다 수시 내신에 적용되는 마지막 시험이 끝나서 더는 진도를 나가는 수업을 하지 않자 교실에 머물러도 숨 막히지 않게 되었고 보건실로 가는 일이 드물어졌다. 더 시간이 지나 보건실을 더는 찾아가지 않아도 될 때 즈음 졸업을 했다. 이제 수업 시간에 보건실에 머물 날은 돌아오지 않는다.

너무 자주 가는 건 아닌가 하며 쭈뼛거리면서 '보건실에 있어도 될까요?' 하며 보건실로 들어서면, 괜찮다며 반겨주시는 선생님이 계셨기에 그 시간들을 버틸 수 있었다. 보건 선생님이 보여주신 직접 찍으신 사진들과 걱정해주시며 하시던 조언들, 점심시간이 되면 늘 깨워주시고, 직접 쑤신 보온병에 담긴 흰 죽을 먹은 기억은 아무리 건망증이 심해져도 또렷하게 남아 있다. 덕분에 숨이 턱턱 막혀오는 학교에서의 시간 동안 편안함을 느낄 수 있었다.

우울증

여러 감정 중에서

우울함이 크기를
키워가는 것이라고만
생각했는데

우울함이
다른 감정들을
점점 집어삼키다가,

그마저도 자취를 감추는 게
우울증인 것 같다.

o

　나는 우울증이 우울, 분노, 증오, 기쁨 등 여러 감정들 중에서 우울이라는 감정이 유독 부피를 키우는 것이라고 생각했다. 그런데 겪어보니 우울증은 감정이 부피를 키우는 데서 그치지 않고 다른 감정들을 집어삼키는 것이었다. 긍정적인 감정들은 찰나에 느껴지고는 금방 자취를 감췄다. 그래서 나는 욱하는 울보가 되었다. 슬픔과 분노 같은 감정들만이 형체를 유지하고 있었기에 속이 문드러지도록 증오하고 화를 내다가도 홍수라도 낼 것처럼 울었다. 기쁨과 슬픔을 오가는 걸 오르락내리락하는 롤러코스터에 빗대어 표현한다면, 나는 깊은 지하에서만 돌고 도는 지하철이었다. 밝은 곳으로는 얼굴도 내밀지 못하고 차게 식은 감정 사이를 빙빙 돌았다. 제 풀에 지치는 날들이 늘었다.

화도 기운이 있어야 내고, 우는 것도 기력이 있어야 울 수 있다. 지하 저 깊은 곳에서 빙빙 도는 날들이 길어지자, 나중에는 우울 말고는 다른 감정들을 느끼는 날이 드물어졌다. 평소였다면 크게 화를 냈을 일도 그냥 지나쳤고, 쉴 새 없이 울었을 일에도 잠시 울컥하고는 지나쳤다. 다른 사람들보다 비교적 덤덤한 편이지만 다채로운 감정을 가진 사람이라고 생각했는데 오랜만에 돌아본 나에겐 우울과 무기력함 밖엔 없었다. 방 한구석에 덩그러니 놓인 인형과 내가 뭐가 다른가 싶었다.

우울과 무기력은 서로 너무 닮아 있어서 내가 마치 사람이 아닌 것처럼 느껴졌다. 창밖으로 들리는 아이들의 웃음소리에, 텔레비전 속에서 웃음을 터트리는 예능인들을 볼 때마다, 분노에, 속상함에, 억울함에 눈물을 훔치는 사람들을 볼 때마다 괴리감을 느꼈다. 나에겐 현재형 아닌 과거형에 갇힌 감정들이었다. 나와는 다른 사람들인 것 같았다. 진심으로 화를 내보고, 웃은 게 먼 옛날 일처럼 느껴졌다. 불과 얼마 되지 않았는데 사진 속의 웃는 내가 너무 낯설어서 나와 똑 닮은 다른 사람을 보는 기분이 들었다. 우울하고 무기력하기만 한 사람들만 사는 세상에서 길을 잃어 다채로운 감정을 가진 사람들이 사는 세상으로 오게 된 것처럼 낯설게, 사진 속의 웃고 있는 나를 한참 바라봤다. 분명 나인데 아무리 봐도 나인 것 같지 않았다.

부모님은
늘 내게 말씀하셨다.

틀린 말은 아닐지 모른다.

그래서 우울과
관련된 모든 것들을
감추려 노력했다.

사회에서 우울증은
단점 그 이상이었으니까.

하지만 쌓여가는 이야기를
감당하기엔 버거웠다.

우울증까지 더해져
버텨낼 수 없었다.

감추려던 이야기들이 비집고 나왔다.

내가 우울증인 것과,
나의 부족한 면들에 대한….

그런데 우려와는 달리 모두 따뜻하게,
아무렇지 않게 대해주었다.

진작 털어놓을걸, 하는 후회가 일었다.

그래도 가족인데

상담 중에 이런 말을 한 적이 있다.

내 말에 상담사분은
그리 얘기하셨다.

예상한 말이었지만,
그렇다고 덜 아픈 건 아니었다.

우리나라 사람들은
상당수가 가족을 1순위로 여겨,

폭력과 착취를 당해도
'그래도 가족이니'
연을 이어나가는 경우가 많다.

그들은 남들에게도
그렇게 살라고 말하지만,

반대로 나는
그들에게 묻고 싶다.

"그런 말과 행동을 한 사람이, 가족이 아니었다면
연을 이어가셨을 건가요?"

약

병원에 다녀온 뒤로,
약을 먹고 있다.

항우울제

수면도움제

주요 우울장애, 공황 장애,
사회 공포증, 범불안 장애,
강박 치료제

소화제

항우울제 보조제

이렇게 다섯 알을
매일 밤 복용하고 있다.

o

처음에 간 병원에서는 아쉽게도 내가 받은 약이 무슨 약인지 알아볼 겨를이 없었다. 병원에 가서 약을 받아 와서도 약 복용 전까지는 강하게 밀려오는 증상들 때문에 약에 대한 궁금증이 생길 겨를도 없었고, 복용 후에는 약이 너무 강해서 우울한 생각이 들지 않는 대신에 약에 취해 꾸벅꾸벅 졸거나 멍한 상태로 지내느라 제정신이 아니었다. 하얀색의 약들이 많았다는 것밖엔 기억이 없다. 그런 내 모습을 보고 엄마는 "다른 정신과도 가보자. 나아지는 게 안 보이잖아."라며 2주도 안 되어 같은 동네의 다른 병원을 방문하게 되었다. 그곳에서는 내가 고3 수험생, 그리고 청소년인 점을 고려해서 일단 최소한의 약을 처방해주었고 필요하다 판단되면 주 간격으로 경과를 지켜보고 약을 추가하거나 바꾸자고 했다. 그렇게 두 달 정도가 흐르자 복용하는 약이 변화 없이 어느 정도 자리잡

게 되었다. 두통, 설사, 속쓰림, 어지러움 등 신체적인 증상들은 말끔하게 사라졌다. 항우울제는 종류가 많아서 자신에게 효과가 좋은, 부작용이 적은 잘 맞는 걸 찾기 어렵다는데 다행이라는 생각이 들었다.

　나를 괴롭히는 증상들이 가라앉고, 상담도 받으면서 궁금증이 생겼다. 내가 복용하는 약의 성분이 뭐고 효능은 뭔지. 어떤 환자들에게 쓰이는지. 그래서 우울증 약을 수년간 복용한 지인들에게 물어도 보고, 인터넷에 검색도 해보고, 직접 의사 선생님에게 여쭤도 보며 기록을 했다. 주황색 약은 항우울제. 하늘색 약은 내가 불면증에 시달리니까 수면제 대신에 자연스럽게 졸음이 올 수 있도록 처방해주셨다. E/S라고 적힌 약은 주요 우울 장애 치료제로도 쓰이지만 공황 장애, 사회 공포증, 범불안 장애, 강박 치료제로도 쓰인다고 했다. H라고 적힌 동그랗고 하얀 약은, 내가 늘 긴장한 상태여서인지 밥을 먹고 나면 늘 속이 더부룩하고 안 좋다고 얘기하니 처방해주셨다. 조그만 초록색 약은 항우울제 보조 역할을 맡고 있다. 약의 부작용들에 크게 신경 쓰지 않아, 괜히 들었다가 불안

감만 커질까봐 물어보지도, 찾아보지도 않았다.

　이 손바닥 안에 다 들어오는 약들이 무너져내리는 나를 끌어올려주고 있다는 게 너무나 신기했다. 일렬로 세우면 새끼손가락에도 다 들어오는 겨우 다섯 개 정도의 약들인데. 이랬어요, 저랬어요 하는 말에 나에게 맞는 약을 잘 찾아주신 의사 선생님께도 감사한 마음이었다. 약을 먹고 나면 자연스레 졸음이 와서 잠을 청할 수 있었고 식사 후에도 더부룩하거나 하지 않았다. 걱정을 늘어놓는 것도 많이 나아졌다.

　그런데 부모님은 나에게 우울증 약의 부작용에 대해 다루는 글이나, 영상들을 보여주며 먹지 않으면 안 되겠냐고 물었다. 나는 엄마가 보여주는 링크를 열어보지 않았다. 부작용을 안다고, 그 부작용이 심하다고 해서 내가 복용 여부를 선택할 수 있는 게 아니었으니 말이다. 약을 먹을 수 있다는 사실에 감사한 마음이었다. 자신이 우울증인 걸 모르거나, 혹은 부정하거나, 부모님의 반대에 못 이겨 병원의 문턱도 밟아보지 못한 사람들이 있다는 걸 잘 안다. 그래서 나는 지금 내 상황에 안도한다. 감기에 걸려 감기약을 먹는 걸 대수롭지 않게 여기는 것처럼. 그렇다고 '약에 의존만 하며 나아질 생각도, 벗어날 생각도 없는 우울증 환자'가 되고 싶지 않아 무던히 노력하고, 애썼다. 그렇게 보는 시선이 두렵다기보단 주저앉기 싫었다.

요령

스스로 택한 바쁜 나날을 즐기며 지내던 와중에

불쑥 돌아온 우울증은

야속하게도 에너지를 앗아갔다.

곤두박질치고 남은 힘으로는
일상생활을 겨우 해내는 정도였다.

큰 변화에 괴로웠지만

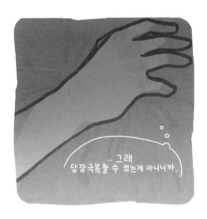

당장 카드 뒤집듯 바꿀 수 없는
현실을 받아들이기로 했다.

그러자 신기하게도
나도 모르는 새
힘이 다시 생겼고

여러 가지 일에
힘을 나눠 쓰는
요령이 생겼다.

잠들지 못하는 밤

내가 잠긴 우울의 깊이는

하루의 끝에 다다르면 체감할 수 있다.

적막한 방 안에서
보지도 않는
영상들을 틀어놓고,

의미 없는
시간을 보내면서도
잠들기는 싫고,

지나간 하루에 후회하고,
다가올 하루를 두려워하는

우울 깊숙이 잠긴
내가 또렷이 보인다.

우울한 지금도,
내 시간이니까

잠긴 감정

마음이 잔잔해 행복할 때가 있고,

기쁜 일 하나에 온종일 즐거워하기도 한다.

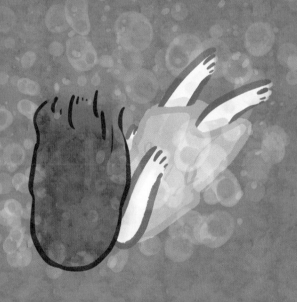

그러나 곧 여러 감정이
물에 잠기는 때가 찾아온다.

분노도,

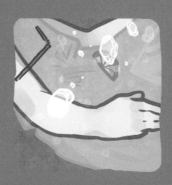

슬픔도,

기쁨도,

느끼는 건 순간,
물에 잠겨 금방 사그라져 버린다.

아무리 필기를 해도 따라가지 못하고,

복습하려 책을 펼쳤지만
아무것도 눈에 들이지 못했다.

차라리 잠이라도 자고 싶었지만
선생님의 지적과
친구들의 수군거림에 숨이 막혔다.

무엇에도 집중하지 못한 채로
수업 시간을 보냈다.

나 자신이 너무 한심하고 답답했다.

졸업까지 아직 시간이 남았다는 사실이
끔찍하게 느껴졌다.

○

차라리 잠이라도 자고 싶었지만 그럴 수도 없었다. 친구들의 수군거림이 내 귀에 들릴까 봐 두려웠다. 고등학교 3학년 마지막 시험을 앞두고 공부를 때려치운 것처럼 보이는 애는 좋은 가십거리였다. 속이 부글부글 끓었지만, 나였어도 눈길이 갔을 것 같아 속으로 삼킬 뿐이었다.

누군가의 가십거리가 된다는 게 썩 유쾌한 일은 아니기에 수업에 집중을 해보았지만, 쉽지 않았다. 그저 받아쓰기하는 것처럼 잔뜩 받아적고 들어오지도 않는 글들을 줄줄 읽다 포기하기를 반복했다. 무의미한 낙서를 하거나 그냥 엎드려 있기도 했다. 필기하고 집중을 할 때는 짧게 느껴졌던 수업 시간이 이렇게 길게 느껴질 수가 없었다. 나중에는 잡담을 나누는 것조차 버거워져 친구들과의 자리도 자연스레 피하게 됐다.

열심히 필기하고 질문하던 내 모습이 자꾸만 떠올라 지금의 나와 비교했다. 입시가 얼마 남지 않았는데…. 무언가가 나를 짓누르는 것처럼 숨이 막혀왔다. 졸업까지 아직 시간이 남았다는 사실이 아찔했다. 일찍이 상태가 나빠졌었다면 숙려제라도 고려해봤을 텐데, 그러기에는 기간이 얼마 남지 않았고, 그렇다고 버텨내기에는 아득히 멀게만 느껴졌다.

졸업을 하면 이 숨 막히는 갑갑함에서 벗어날 수 있을 것 같은데 하루를 보내고 또 하루를 보내도 제자리걸음만 하는 기분이었다. 학교를 가야 한다는 사실에 밤잠을 설쳤고, 그렇게 한숨도 자지 못한 채 학교에 갔다. 그런데도 수업 시간에 자버리면 시선이 쏠릴까 싶어 꾹꾹 버티다 집에 오면 곧장 널브러졌다. 지옥 같은 시간이었다. 정신과에 가기만을 바라던 때의 고통과 흡사했다. 초조하게 달력에 줄을 그어가며, 정신을 차리면 졸업해 있기를 빌었다. 끝을 모르는 우물 바닥에서 하늘을 보는 기분이 분명 이럴 거란 생각이 들었다.

커지는 숫자만큼

평소에도 연락을 즐기는 편은 아니었지만

근래에는 정도가 더 심해졌다.

아주 단순한 안부를
묻는 것도
과제처럼 느껴지고

읽지 않은 알림은
수백 개로 불어나
확인할 엄두도
내질 못한다.

쌓여가는
알림의 개수만큼

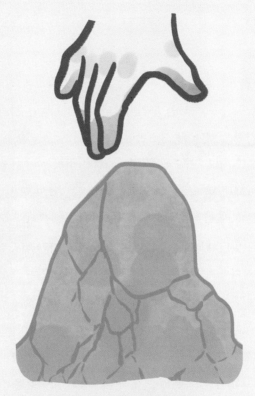

세상과의 거리를 느낀다.

○

우울증을 앓으며 가장 난감한 건 갑작스레 밀려오는 우울감과, 지속되는 무기력이다. 아침이 되면 침대가 날 삼키길 빌었다. 날 삼켜버려서 일어나 세수를 할 일도, 버스를 탈 일도, 학교에서 수업 시간을 버티는 일도 없게 해 달라고 빌었다. 그러나 야속하게도 그런 일은 일어나지 않았다. 졸업은 해야 한다는 생각에 학교를 마냥 빠질 수도 없었다. 발을 딛고 있는 바닥이 푹 꺼지는 허황된 상상을 하며 느릿느릿 학교로 향하는 날이 늘었다. 그러자 학교에 있는 것 자체가 내가 버텨야 할 일이 되었다.

학교라는 공간은 내가 활기차던 모습을 떠올리게 했다. 그래서 학교에 있는 내내 괴로움과 자책감을 느꼈다. 하교 전까지 어쩔 수 없이 학교를 맴돌아야 하는 나는, 당장이라도 문을 박차고 나가고 싶은 걸 하루에도 수백 번

삼켰다. 그것만으로도 너무 힘들어서 누구와도 대화할 마음이 들지 않았다. 친구가 장난을 치면 반사적으로 입꼬리를 올리긴 했지만, 무척 어색한 웃음일 것이었다. 겨우겨우 집으로 돌아왔을 땐 별로 한 것도 없는 것 같은데 녹초가 되었다. 흥미롭다는 영상들을 보고 책을 보아도 좀처럼 흥미가 생기지 않았지만 꾸역꾸역 읽으며 시간을 죽였다. 친구들의 전화는 모두 무시했다. 상대방의 말에 집중할 자신이 없었고, 무슨 말을 해야 할지 생각하는 게 영 버겁게 느껴졌다. 전화가 걸려오면 망설이다 핸드폰을 뒤집어 놓고, 다시 걸지 않기를 바랐다. 언젠가는 아빠가 나에게 집에 우유가 있는지 물어보려 전화를 걸었는데, 용건이 있는 아주 짧은 전화였음에도 불쾌감이 훅 치밀었다.

그나마 톡으로는 간간이 답장을 했다. 짧게는 몇 시간, 길게는 몇 주 간격으로. 이러다가 친구들을 다 잃겠다 싶었지만, 꾸역꾸역 이어가기엔 내가 너무 지쳐 있었다. 친구들에게 이런 나를 마냥 기다려 달라고 하기도 미안했다. 그런데 고맙게도 친구들은 나에게 먼저 사정을 물어봤고, 기다려주겠다고 답했다. 먼저 온 연락에 지금은 컨디션이 좋지 않다고 하면 내가 괜찮아질 때 연락해주길 기다려줬다. 약속 하루 전 날에, 못 나갈 것 같단 말에도 괜찮다고 다독여주고 다음 만남을 기약했다. 이러다 멀어지면 어쩔 수 없지, 하고 쉽게 포기하려 했던 내 모습이 부끄러웠다. 상대방은 그렇지 않은데 앞서 버려질 준비를 한 격이었다.

그리고 다음 날엔 전과는 달라졌다. 물론 갑자기 내화가 편해졌다거나, 연락에 대한 거부감이 사라진 건 아니지만 먼저 연락을 하는 횟수가 차츰 늘었고, 걸려오는 전화를 모르는 척하는 횟수도 많이 줄었다. 그러다 보니 자연스레 장난도 치고 웃게 되었다. 예전 기억처럼 즐겁게 놀지 못 하는 건 사실이지만, 신기하게도 친구들과 수다를 떨고 장난을 치는 동안에는 우울한 생각이 나지 않는다. 그래서 요즘엔 방 천장을 보면서 빈다. 밤 새지 않고, 푹 잠들게 해달라고. 그래서 내일 다시 힘내게 해달라고.

짐이 되고 싶지 않아서

응어리진
내 마음을 알아챈

친구들은
털어놓으라고 말하고

애인도 언제든지
말해달라고 하지만

그들이 보는 건
아주 일부에 불과하니까,

털어놓으면
짐이 될 테니까,
라고 늘 말한다.

괜찮아, 고마워.

○

입은 하나, 귀는 둘. 나는 이 말의 뜻을 늘 되새긴다. 말하기보단 듣는 사람이 되기. 이런 내가 남들에게 힘든 일을 털어놓은 건, 우울증 증상이 하늘을 찌른 이후부터였다. 전처럼 혼자 끌어안고 있기에는 너무 버거웠고, 어디에라도 내 감정과 상태를 게워내고 싶었다.

처음으로 근심, 걱정, 내 부정적인 감정을 게워냈을 때는, 정말이지 오묘한 기분이 들었다. 내 사정을 아는 사람이 하나 늘었을 뿐, 달라진 건 아무것도 없는데 누군가 알아주고 있다는 그 사실 자체가 마음을 몽글하게 만들었다. 거대한 마시멜로우를 품 안 가득 안은 것 같았다. 그러나 아주 잠깐이었다. 이내 익숙하고 침침한 감정이 올라왔다. 그러다 걱정되기 시작했다. 처음이 어렵지 두 번째부턴 쉬울 텐데, 앞으로 내 어두운 얘기만 하게 되는 건 아닐까? 진절머리 난다며 날 떠나면 어떡하지? 그런 생각을 하며 열었던 입을 꾹 닫았다.

그날 이후로도 친구들은 나에게 고민을 털어놓았다. 싫지 않았다. 단지 증상이 심해질수록 풀지 못한 응어리가 쌓여만 갔다. 친구에게 털어놓자니 고민을 가진 친구에게 짐을 더 지워주는 것만 같아 두려움이 파도가 되어 밀려온다. 부모님에겐 얘기하는 건 생각도 하지 않았다. 그래서 종종 애인에게만 털어놓았다. 그의 위로 방법은 맞장구 몇 마디와, 포옹, 다독임이었다. 나에게 최고의 위로이지만, 걱정 없다는 듯 해맑게 살아가는 그가 내 이런 어두운 면으로 물들까 걱정되곤 한다. 그리고 동시에 아빠의 목소리가 들리는 듯 했다.

"걔가 언제까지 네 곁에 있어줄 것 같니?"

그런 말을 들을 때면 입술이 떨린다. 가족도, 친구도, 애인도 언젠가는 헤어지게 될 거란 걸 안다. 이별로부터 오는 두려움은 아니다. 내 손을 놓는 이유가 나의 지나친

어두운 이야기 때문일까 봐 겁이 났다. 이 응어리를 내 손으로 그의 손에 쥐어주게 될까 봐. 그래서 그게 그의 삶과 인간관계에 영향을 미칠까봐 겁이 났다. 내가 그랬던 것처럼.

그렇게 조금씩 애인에게, 글에, 그림에 응어리를 꺼내 놨지만 쌓이는 속도는 압도적으로 빨랐다. 이 응어리는 평소에는 눈치를 못 채고 있다가, 조금 더 울적한 날에, 성과를 못 내는 날에 집채만 하게 크기를 불렸다. 그러다 버텨내지 못해, 눈물로 새어나왔다. 그렇게 울고 나면 진정이 됐지만 응어리가 풀리는 건 아니었다. 크기를 불려가는 응어리를 볼 때면, 두려우면서도 안쓰러워서 복잡한 감정인 채로 짓누를 수 밖에 없다. 언젠가 불쑥 터져나오지 않기를 바라고 바라면서.

인정받지 못한다는 것

일상생활을 버거워하는
나를 보고, 엄마와 아빠는
게으른 탓이라고 했다.

"넌 우울증이 아냐."
"그저 사춘기가 다시 온 것뿐이야."
라는 말을 여러 번 들어도

'그래, 부모님도 힘드시겠지.'
하는 생각에 참고 참았다.

하지만 그럴수록
내 속은 문드러졌다.

참다 참다 말했다.
그렇게 얘기하지
말아달라고.

알도 못 꺼내니?

하지만 돌아온 건
날 선 대답.

나는 아무 말도 할 수 없었다.

○

엄마와 아빠는 내 우울증을 받아들이지 못했다. 받아들일 시간이 필요하겠거니, 생각했지만 거부 반응은 차츰 심각해졌다.

"너 우울증 아니야. 그냥 사춘기지."

나라고 우울증이 달가운 것도 아닌데 인정해달라는 말을 수도 없이 해야 했다. 우스운 꼴이었다. 자식의 병을 인정할 수가 없어서 자신들 스스로에게, 그리고 내게 세뇌하는 것 같았다. 이해해보려 했는데, 나중에는 이해의 주체가 왜 내가 되어야 하는지 나조차 설명할 수 없었다. 잠자코 견디다가, 입을 뗐다. 그렇게 얘기하지 말아달라고. 하지만 돌아온 말 역시 내 탓이었다. 자식이 우울증에 걸렸다는 사실만으로도 힘든데 말도 못 하게 하냐고. 나

는 또 그들의 심정을 헤아려야만 하는 걸까. 여태 억눌러
왔던 마음이 한 순간 와르륵 물거품으로 변해버렸다. 소
리치고 싶었다. 어떻게 그리도 한결같이 본인들 생각만
하느냐고 따지고 싶었다.

　하지만 어떤 말도 나오지 않았다. 그저 인정해달라고
애원하는 나를 두고 그들의 입에선 내 가슴을 후벼파는
이야기만 쏟아져 나왔다. "네가 정말 우울증이라고 생각
하니?" "의사 선생님이 그리 얘기하든?" 어쩜 저리도 칼
날 같이 날카로운 말들만 골라서 할까.

　약을 복용하는 내게, 항우울제가 뇌를 녹인다느니, 망
가뜨린다느니 하는 말을 하며 약을 먹지 말라고 했다. 이
유는 '네가 걱정돼서.' '다 널 위해서.' 지긋지긋한 말들이
었다. 상담과 약을 통해 상태가 호전되는 것 같으면, 엄마
아빠와 빚는 갈등으로 다시 악화되고 말았다. 나를 우울
증에 빠트린 원인은 과거에 있지 않았다. 현재에서 나를
쥐고 흔들었다.

그날 밤 계단에서

면접 준비를 하던 그 시기,
나는 평소처럼 우울했다.

간단한 일상생활이 버거웠고,
툭하면 눈물이 났다.

그런 나를
부모님은 재촉했다.
징그럽도록
일상적인 그런 날이었다.

그날따라 나는
미치도록 우울했고
엄마는 언성을 높였다.

폭언과 온갖 욕설,
위협하는 아빠의 손길이
못 견디게 느껴졌다.

그래서 괴로움에
몸부림을 치다,
수년간 들어만 오던
욕설을 처음으로 뱉어냈다.

나가 뒤지든지
말든지 알아서 해!

대학이고 지랄이고
고등학교 졸업하면 당장
집 나가XXXXX.

나가 뒤지든지
말든지 알아서 해!

돌아온 대답은 그랬다.
엄마 아빠가 내 방을 나간 사이,
나는 집 밖으로 달렸다.

맨발로 오르는 건물 계단은
시원하고, 개운하고, 후련했다.

옥상으로 가야 했다.
무언가에 홀린 듯이
계속해서 계단을 올랐지만

정말로 뛰어내릴
생각이었는지는
나도 모르겠다.

옥상 문은 닫혀 있었다.

시끄럽게 돌아가는
승강기 기계실
문 앞에서 한참을 울었다.

그 차가운 바닥이 집보다
더 아늑하고,
따듯하게 느껴졌다.

참 야속했다.

○

옥상으로 향한 그날은 징그럽도록 일상적인 날이었
다. 학교에 가는 것뿐만 아니라 씻고 이부자리를 정돈하
는 간단한 일상생활도 버거웠다. 누운 침대에서 벗어나
는 일이 두렵고 힘들게 느껴졌다. 그런 일상이었다. 그날
따라 부모님은 내 모습이 답답했는지 언성을 높였다. 방
안에서 숨죽여 울고 있는 내게, 지긋지긋하다는 눈빛을
던졌다. 그 눈빛에 낭떠러지로 밀려나는 기분이었다.

"제발 좀 가만히 놔둬. 나도 이러고 싶은 게 아니라고."
"그럼 얘기하면 되지, 왜 울고 난리야."

날선 대화가 오갈 때, 아빠가 가세했다. 끅끅 소리를
내며 서럽게 우는 나를, 엄마 아빠는 더 몰아세울 뿐이었
다. 미치기 일보 직전이라면 분명 지금일 것이라고 생각

했다. "죽어버리고 싶다.""왜 낳았는지 모르겠어.""나가
버려!" 아빠의 입에서 터져 나오는 욕설에 속은 들끓고,
위협하는 아빠의 손길은 못 견디게 느껴졌다. 나는 왜 욕
을 듣고만 있어야 하지? 부모가 자식에게 욕하는 건 괜찮
고, 자식은 부모에게 할 수 없단 말이야? 엄마 아빠는 자
주 협박했다. 나는 입을 것, 먹을 것, 잘 곳을 잃을지도 모
른다는 두려움에 떨었다. 그 말들은 내 가슴을 치게 하다
가, 결국 욕을 토해내게 만들었다.

두 사람은 내가 욕을 뱉자 길길이 뛰었다. 욕하는 자
식은 필요 없다고, 나가서 죽든지 말든지 알아서 하라고.
기막혀하고, 화를 주체하지 못하는 두 사람이 우스웠다.
그간 두 사람이 뱉는 욕설에 서럽고 고통스럽긴 했어도
이렇게 화가 나는 건 처음이었다. 한 번 뱉은 것뿐인데 이
렇게 화를 낼 거면서, 왜 여태껏 내 기분은 한 톨도 헤아
리지 않았나요? 그 자리에 더 있다가는 온몸이 문드러질
것만 같았다. 나는 행선지도 정하지 않고 현관문을 열어
젖히고 달렸다.

맨발에 닿는 차가운 바닥의 감촉이 생생하게 느껴졌다. 엘리베이터를 기다릴 여유 같은 건 없었다. 계단 난간을 부여잡고, 엄마 아빠가 행여 따라올까 옥상 문이 눈에 들어올 때까지 앞만 보고 달렸다. 어두컴컴한 계단 끝에 문 하나가 있었다. 절박하게 문고리를 돌렸지만, 열리지 않았다. 그런 내 눈에 들어온 건 문 옆에 놓인 사다리였다. 사다리 끝에는 작은 문이 달려 있었다. 맨발로 사다리를 올라 문을 밀었다. 꼼짝도 하지 않았다.

허탈한 심정이 되어 문 앞에 쪼그려 앉았다. 차디찬 바닥처럼 요동쳤던 감정도 차차 식어갔다. 센서 등이 꺼지고 나 홀로 어둠 속에 남았다. 차가운 시멘트 바닥이 집보다 아늑하고 포근하게 느껴졌다. 무릎에 얼굴을 묻고 있다가 바닥에 몸을 뉘었다. 엄마 아빠의 목소리가 저 아래서 어렴풋이 들렸다가 사라졌다. 옥상 문이 열려 있었다면 어땠을까?

눈을 감았다. 도통 잠이 오지 않았다. 서러운 마음에 눈물만 흘렸다. 우울증에 대해서 알지도 못하면서. 그렇게 울고 눈물을 훔치고 뒤척이는 동안 감정을 추스를 수 있었다. 전화가 걸려올까 꺼두었던 핸드폰의 전원을 켰더니 애인에게서 온 걱정이 느껴지는 메시지들이 쌓여 있었다. 그때 전화가 걸려왔다. 아빠였다.

"어디야?"

"나가 죽든지 말든지 알아서 하라면서요."

"정말 그런 의미로 한 말 아닌 거 알잖아."

비우울증인에게도 할 말은 아니지만, 우울증 환자에게 그런 말은 살인이나 다름없다는 말이 턱 끝까지 차올랐지만 삼키기로 했다. 설명할 가치가 없게 느껴졌다. 원망스러움은 말로 다 하지 못할 정도였지만, 돌아가야만 한다는 걸, 돌아갈 수밖에 없다는 걸 누구보다 잘 알고 있었다.

그곳에서 얼마를 더 있었을까, 할 수만 있다면 영원히 머물고 싶던 찬 바닥에서 일어나 나에게 죽으라 말했던 사람이 있는 집으로 걸어갔다. 터져 나올 것 같은 눈물을 연신 삼켜야 했다.

남은 선택지

문득 터져나온 눈물은

그간 야금야금 쌓인 것들이
나갈 곳이 없어 흐른다.

극단적인 선택을 하는 이유도

수많은 선택지들이
소모되거나
망가져 버려서

하나의 선택지밖에
남지 않았기 때문인지도 모른다.

누군가는 왜 다른 방법을
찾아보지 않냐고 말하겠지만

그들의 시선엔
다른 방법이 보이지 않았는지도 모른다.

○

"쟤 갑자기 왜 저러니?"

"좀 전까지 밝았는데….”

"여행 일정도 잡았었는데, 그럴 리가 없는데….”

우울증 환자의 가족이나 주변인들은 환자가 자살을 선택한 게 갑작스럽다고 말한다. 그렇지만 그들 중 누군가는 느꼈을 것이다. 그 사람이 불안정해 보이고, 힘들어 보인다는 것을. 만약 이상기류를 감지했다면 주의를 기울이라고 말해주고 싶다. 그리고 우울증 환자들은 불안정한 모습을 가능한 감추려고 하지만, 같이 사는 사람이나 의지하는 사람 앞에서는 쉽지 않다. 그래서 갑자기 울적해지거나 눈물을 쏟기도 한다. 우울함을 오랜 기간 표출하지 못하고 억누르고 있다가 보이는 행동이다. 그러니까 실은, 갑작스러운 게 아니라는 말이다. 이때엔 작은 것 하나에도 감정이 요동친다.

혼자 있게 해달라는 내 부탁을 거절하고 뒤집어쓴 이불을 강제로 들추려 한 부모님에게 소리를 질렀던 것도 전혀 갑작스러운 일이 아니었다. 부모님은 내가 종종 밤에 운다는 사실을 알고 있었고, 나는 그날도 평소처럼 울적한 기분이 차올라 울고 있던 것뿐이었다. 감정을 추스르기 위해 혼자 시간을 가지고 싶다고 거듭 말하는데도 부모님은 계속해서 캐묻다가 덮은 이불을 강제로 걷어버렸다. 나에 대한 존중이라곤 없는 태도에 제발 좀 나가라고 소리를 질렀다. 방문은 닫혔고, 곧이어 들리는 "왜 저러냐."는 말에서 나를 이해하지 못하겠다는, 내 행동을 이상 행동이라고 여기는 부모님의 생각을 알 수 있었다. 나로서는 이상할 것도 없는 반응이었는데.

자살도 마찬가지다. 우울증 환자가 죽음에 다다르는 건 생각보다도 더 순식간이다. 우울증과 죽음은 절친한 친구라고 표현해도 어색하지 않을 정도로. 울컥하는 날, 유독 힘든 날에는 침대에 무기력하게 누워 가만히 창밖을 바라봤다. 창문까지는 다섯 걸음도 채 되지 않아, 마음만 먹으면 삶을 끝내는 건 순식간일 터였다. 친구와 재미있게 놀고 난 후 집으로 향하는 길에 차가 빠르게 다니는 도로를 한참 동안 바라본 일도 더러 있었다. 도로로 뛰어드는 내 모습을 상상하다 발걸음을 돌렸다. 친구와 약속을 잡은 날 새벽, 원하던 대학에 합격한 날 밤도 예외는 아니었다. 즐거움과 행복함을 느끼다가도 순식간에 울적함에 처박히곤 했다. 내가 침대에서 창밖을 바라봤던 날, 집으로 가는 길에 도로를 바라봤던 날, 그때 내가 발걸음을 옮겼더라면…. 부모님과 친구들, 주변 사람 대다수가 갑작스러운 죽음이라 생각할 테지만 나는 언제 발걸음을 옮겨도 이상하지 않은 상태였다. 낮에 웃다가 그날 밤에 삶을 끝맺는 게 우울증이란 말이 괜히 나온 게 아니었다.

끝맺음을 생각해보지 않은 우울증 환자는 없을 거다. 그러나 저마다의 이유로 그럼에도 살아가고 있다. 유리잔을 다루는 것처럼 나를 아주 조심스럽게 대해주길 바라지는 않는다. 벼랑 끝까지 몰아넣고, 수군거리고 별종으로 취급하지 않는 게 그렇게 어려운 걸까 싶었다. 사람들은 우울증 환자들의 자살을 갑작스럽다고 얘기하지만, 겪어보니 알겠다. 절대 끝맺음은 갑작스러울 수 없다는 걸. 야금야금 나를 갉아먹는 여러 원인들에 몸이 너덜너덜해져 숨을 쉬는 것조차 고통스럽고 죄책감이 든다는 걸. 나는 우울증 환자들의 끝맺음을 극단적인 선택이라고 말하고 싶지 않다. 힘들어하는 게 작게라도 티가 나거나, 살고 싶어 악을 지르고 발버둥을 치기도 한다. 그러다 주변에서 더 압박하거나, 아무런 도움을 받지 못하면 심적으로 벼랑 끝에 몰린 상태에서 겨우 선택할 수 있는 유일한 선택지였을 테다.

그러니 주위에 우울증을 앓고 있는 사람이 있다면, 더욱이 그 사람이 자신에게 소중한 사람이라면, 그가 끝맺음을 염두에 두고 있을지 모른다는 사실을 기억했으면 좋겠다. '갑작스레 찾아오는' 죽음 앞에 슬퍼하지 않길 바란다.

제멋대로 저울질

내 주변에 있는 사람들을
저울이라 여겼다.

각각의 저울들에
실수의 무게만큼,

잘못의 무게만큼
쉴 새 없이 추를 올리고 올린다.

그러다가 무너지면,

잘못된 저울이라고 치부하고
새 저울에 추를 올렸다.

결국에 마지막 저울도,
'나'라는 저울마저
무너지고 나서야

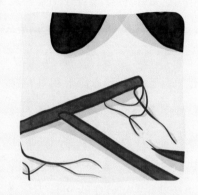

얼마나 무의미한 일이었는지 깨달았다.

○

나는 사람들을 두고 저울질하곤 했다. 상대가 누구인 지는 중요하지 않았다. 나와 얼마큼 친밀하든, 평소에 얼마나 선하든 예외는 없었다. 내 기준으로 부도덕한 행동을 하면 그만큼의 추를 달아 저울을 기울이고, 도덕적인 행동을 하면 반대편에 추를 올렸다. 이런 행동은 나도 시작이 언제인지 모를 정도로 오래전부터 시작되어, 자연스레 습관으로 자리 잡았다. 저울이 오르내리는 만큼, 그 사람에 대한 나의 평가도 오르내렸다. 그러다 점점 가볍고, 실수라고 생각하고 넘어갈 수 있는 것들에도 추를 달았다. 누구나 할 수 있을 만한 실수거나, 바뀌려고 노력하는지 따위는 염두에 두지 않았고, 언젠가부터 한 번 기울어진 저울들은 다시 올라오는 일이 드물어졌다. 좋지 않은 일에 대한 추가 쌓였다는 건 그 사람에 대한 내 마음의 거리감도 그만큼 늘어났다는 걸 의미했기에, 그들과 함께하는 시간은 썩 즐겁지 않았다.

그와 함께 '나'라는 저울에도 추를 달았다. 내 나름대로 남에겐 저울질하며, 자신에겐 예외를 두는 모순적인 행동을 하고 싶지 않아서였지만, 아무에게도 득이 되지 않았다. 나에게 실수와 잘못이 없을 리가 없었다. 자기 비하가 심하던 시기였고, 두통에 시달리다 보니 나에 대한 잣대는 더욱 엄격했다. 당연하게도 나를 포함해 마지막까지 저울이 무사한 사람은 없었다. 누구보다 먼저 내 저울이 망가져 버렸다.

결국 무너지지 않을 거라 생각했던 사람의 저울조차 무너져 버리자 그제야 알았다. 편협하게 행동 하나하나를 따지고 들면 남아날 사람이 없다는 걸. 뒤늦게 깨달았을 때는 왜 그 사람과 멀어졌는지 기억도 나지 않았다. 개수도 못 셀 만큼 많은 저울 위에 쌓인 추들을 미련 없이 치웠다. 다른 사람들의 잘못과 실수에 너그러워지려고 노력했다. 다른 사람을 이해하려고 노력할 때, 나에게도 너그러워질 수 있었다.

나는 잘못이나 실수를 하면 바로잡으려 애쓰고, 떠올릴 때마다 부끄러워하면서 왜 다른 사람들에겐 고치고 나아질 기회를 주지 않았던 걸까. 나와 그들이 다르다고 생각했던 걸까. 모두가 시행착오를 겪으며 살아가는데 왜 이리 냉정하게 사람들을 판단하고 구분하려 했나 싶었다. 나를 비틀대게 만들던 추의 속박에서 벗어나기로 했다. 더 이상 자기혐오를 그만두기로 했다.

감정 쏟아내기

우울함과 울적함이
못 견디게 가득할 때

느끼는 감정을
몽땅 쏟아
글을 쓰곤 한다.

민망할 정도로
솔직하게 감정들을
쏟아놓고 나면

나중에 읽을 때,
나를 보다
객관적으로 보게 된다.

내가 언제
유독 우울해지는지,
격해지는지가 보이고

왜 그랬는지 이유도 알 수 있다.

나를 대하는 방법을 하나씩 터득해간다.

○

나도 모르게 그랬다. 분노든 슬픔이든 감정이 격해져 머리끝까지 차오른 느낌이 들면, 비공개 블로그나 메모장, 일기장 앱에 내 생각을 마구 쏟아냈다. 좀처럼 삭을 줄 모르는 감정을 글에 붓고 나면 어딘가를 향해 소리라도 지른듯이 후련했다. 친구에게 전화해 펑펑 울 수도, 가족에게 털어놓을 수도 없었다. 누군가에게 기대어 토로하거나 격한 감정을 쏟아내는 게 나에게는 낯선 일이었다. 그래서 무의식중에 아무에게도 드러나지 않는, 나만이 볼 수 있게 감출 수 있는 글이라는 수단을 선택했는지도 모르겠다. 친구나 가족은 물론 아무도 못 본다고 생각하니, 글이 금방 술술 늘어났다. 격한 감정에 중구난방이던 여러 생각도 정리되어 갔다.

다 적었다 싶어 손을 떼고 스크롤을 내리면 주르륵 빼

곡한 글자가 보였다. 이렇게 하고 싶은 말이 많았던가. 감정이 적나라하게 실린 글을 여러 번 다시 읽었다. 읽다가 툭툭 걸리는 부자연스러운 부분을 조금 쳐냈다. 그때까지 글을 읽으면서 별다른 생각이 들지 않았다. 후련했지만, 감정이 채 사그라지지 않아 내 생각을 그대로 적어놨다는 사실 외엔 별로 느껴지는 게 없었다.

그러다가 어느 날, 썼던 글들이 불현듯 떠오르면 다시 찾아서 읽곤 했다. 끝없이 억울함을 쏟아내는 글도 있었고, 자신을 자책하며 괴로워하는 글도 있었다. 어느 정도의 시간이 지나 그때의 날것의 감정 그대로를 담아냈던 글을 보면 나를 제3자로서 바라보게 되는 것 같다. 아무도 보지 않는다는 생각에 어느 것 하나 거른 것 없이 솔직하게 담은 내용이라, 때론 민망하기도 했지만 '이건 내가 너무 과하게 느꼈었구나.' '다시 생각해보니 그렇게까지 생각할 일은 아니었는데.' '이렇게 생각하기도 했구나.' 하며 그때의 내가 생소하게 느껴지기도 했다. 반대로 반년이 넘게 지났는데도 생각에 변함없는 부분도 있었다. 그런 부분을 읽을 땐 '그래, 내가 이런 면에 대한 감정이나 생각은 확고하구나!' 하고 깨달았다. 다시 글을 읽으면서 자연스레 내가 언제 유독 우울해지는지, 언제 자기비하가 심해지는지 알게 되었고, 그 원인이 무엇인지도 파악할 수 있게 되었다. 대개 누군가에게 실수했을 때, 그로 인해 민망해지거나 누군가가 불편해졌을 때, 노력한 과정에 비해 평가가 좋지 못했을 때, 의미 없이 보낸 시간이 1-2주가 넘도록 지속됐을 때였다. 완벽하게는 아니지만, 어느 정도 파악이 되니 그런 상황을 피하는 노력을 할 수 있게 되었다. 내 힘으로 피할 수 없는 원인을 맞이하게 되었을 때도 보다 덜 자책하고, 덜 우울해할 수 있었다.

우울증이 깊어지는 날이면,
아무것도 손에 잡히지 않았다.

기억력도 기력도 떨어져
하루하루 허망하게 보내곤 했다.

그래서 일기라도 쓰려다,
불현듯 만화를 그려보자는
생각이 떠올랐다.

내 감정,
일상을 기록한
짤막한 만화.

내 개인의 기록이자,
누군가에게 들려주는
하나의 목소리가
되었으면 했다.

그렇게 나의 감정을 기록한
일상 만화가 탄생했다.

o

우울증에 시달린 시간 동안 무얼 했는지 전혀 기억나지 않는다는 우울증 완치자의 얘기를 들은 적 있다. 그래서 그만큼의 시간을 잃은 것 같이 느껴진다고. 그 말에 많은 사람들이 공감했더랬다. 그러고 보니 내가 딱 그 꼴이었다. 학교에서도 집에서도 하는 것 없이 버텨내는 일상의 반복이었다. 조금 전 무얼 먹었는지, 휴대폰을 어디에 두었는지, 기억은 자꾸만 흐릿해졌다. 이대로라면 나도 내 시간을 잃어버릴 것 같았다.

나는 안 좋은 일을 겪으면, 그만큼 배우고 얻어가는 게 있다고 생각해왔다. 넘어진 곳에서 앞으로 무얼 주의해야 넘어지지 않을지 알게 되고, 다른 누군가 넘어진다면 그 사람의 마음이 어떨지 알기에 어떻게 위로해야 할지 알게 되니까. 그래서 나는 내가 우울증을 겪으면서 얻어가는 게 있기를 바랐다. 이 마음을 잊고 싶지 않아서 지금의 경험들을 기록하고 싶다는 생각이 들었다. 더불어 나도 내 시간을 기억할 수 있으니까.

내가 우울증에 대해 잘 알 수 있게 된 건 우울증을 앓고 있는 환자들의 SNS 덕분이었다. 전문가는 증상을 짚어줄 순 있지만 그 심정을 헤아려주는 데에는 한계가 있다. 그러나 실제 우울증을 겪고 있는 사람들에게는 보다 실제적인 경험과 팁을 전해줄 수 있다는 장점이 있다. '이런 감정일 땐 이렇게 하는 게 도움이 되더라. 이럴 땐 이런 기분이 들지 않느냐.' 그들을 통해 공감대를 형성할 수 있었다. 그러다 짤막한 만화를 떠올렸다. 평소 그림을 그려왔기에 어렵지 않을 것 같았다.

내 경우엔, 증상이 심할 땐 책 한 페이지도 읽기 어려웠기에 짧은 집중력으로도 읽을 수 있는 만화를 만들면 좋겠다고 생각했다. 개인적인 이야기도 해가 되지 않는 선에서, 최대한 공개하기로 마음먹었다. 함부로 꺼낼 수 없는 자신의 이야기가 있을 테니 내 만화를 통해 공감하고 위로받기를 바랐다. 그림체와 색감을 고민하고, 기억나는 사건들을 재빨리 그려두었다. 상태가 나빠져 그리지 못하는 상황이 될까 봐서였다. 그간 표현할 길이 없어 안고만 있던 게 와르르 쏟아졌던 걸까. 하루만에 스물세 편을 그렸다. 좀처럼 무엇에도 의욕이 생기지 않았는데, 스스로도 놀라운 일이었다.

이 몇 편의 이야기가 우울증을 겪고 있는 이들에게 작은 선물이 되었으면 하는 마음으로, 우울증 만화를 그리기 시작했다.

가랑비

안심하다가

우산을 펼치지 않으면

금세 젖어버린다.

괜찮겠지 싶어
대수롭지 않게
넘겨버리곤

맞아서 마르겠지.

빗줄기가 굵어지고,
몸이 으슬으슬 떨리는 게
느껴지고 나서야

뒤늦게 비를 피하는
사람들이 있다.

우울과 거리 두기

우울한 사람들이 모인 커뮤니티는
사회에서 별난 사람으로 느껴지던 나를

평범한 사람처럼 느끼게 해주고,

비슷한 사람들이기에
서로 위로해주고
다독여줄 수 있었다.

서로의 이야기에
푹 잠겨 여러 나날을 보냈다.

그럴수록 깊어지는
우울감을 모른 채.

◦

툭 터놓고 나니, 생각보다 주변에는 약을 먹으며 우울증을 이겨내려 하는 사람들이 많았다. 나만 그런 게 아니라는 걸 알고, 공감 가는 얘기들을 나누며 위로를 받기도 했지만 우울에 관해 얘기를 꺼내는 것은 생각보다 더 조심스러웠다. 이야기의 끝이 한숨으로 끝나는 경우가 많았고 고민거리에 관해 얘기를 나눠도 뚜렷한 해결책이 나타나는 게 아니었기 때문이다. 굳이 얘기를 나누지 않더라도, 주변에 나와 비슷한 사람들이 있다는 사실만으로 긴장을 놓게 되어서 만족하며 지냈다.

그렇게 지내다가, SNS 내 그룹에 대해 알게 되었다. SNS상에서 우울증인, 혹은 우울증이라 생각하는 사람들이 일상, 우울과 관련된 얘기를 하는 그룹이었다. 이를테면 '우울계'와 같이 ○○계(계정)등으로 이름 지어, 그곳 사람들과만 소통하는 방식으로 운영되었다. 내가 겪는 우울증은 한 개인의 경험일 뿐이었기에 나와 비슷한 다른 사람들의 이야기를 접하고, 내 이야기도 만화를 통해 공유하고 싶었다. 무엇보다 비슷한 어려움을 겪는 사람들을 위로해주고 싶은 마음이 컸다. 그렇게 계정을 만들었고, 만화만 올리는 SNS에서와는 달리 내 생각을 담은 글들과 만화들을 하나둘 올리며 조심스럽게 다른 사람들이 올린 글들에 댓글을 달기 시작했다. 예상했던 것처럼 우울과 관련된 사람들이 모인 그곳엔 우중충한 얘기들이 가득했다. 그러나 위로해주거나, 걱정하고 공감해주는 사람들도 많았기에 한편으로는 따스함을 느꼈고 나도 자연스레 다른 사람들을 걱정하고, 위로하고 있었다.

하지만 오래 지나지 않아 지쳐버렸다. 다들 어디에도 못 하는 속의 속 얘기들을 접할수록 왠지 모를 답답함을 느꼈고 마음은 무거워졌다. 극단적인 선택을 하겠다는 사람들과 자신의 건강을 스스로 망치려는 사람들을 여러 번 말리고 달랬지만 늘 결과가 좋은 건 아니었다. 다양한 자기 비하와 우울증 환자로서 화나는 일들과 자살 기도. 소식을 접했다. 속상하고, 야속한 일들의 연속이었다. 하지만 그들에게 작은 위로가 되고 싶어서, 좀 더 같이 살아갔으면 해서 그들을 놓지 못하고 있었다. 그러다 어느날 문득, 내가 며칠째 그 계정으로 접속하지 않았다는 걸 알아차렸다. 갑갑함은 훨씬 덜 했고, 이후로 계정에 들어가는 일은 더 줄었다. 걱정되는 사람들은 많았지만, 나 하나도 제대로 보살피지 못하면서 다른 사람들을 챙겨주려하는 건 욕심이라고 생각했다. 그렇게 로그아웃을 했다.

어플마저 삭제해버리자 우려와 달리 적응하기까지는 그리 오래 걸리지 않았다. 생각보다 SNS에 쏟았던 시간이 상당해서, 당분간은 그 시간을 무엇으로 채워야 하나 당황스러웠지만 곧 다른 일상들로 채워갈 수 있었다. 우울은 죽을 때까지 경험해갈 일이고, 우울증은 지금 나와 함께하고 있으며, 비록 우울에 잠겨 있는 날이 많더라도 의식적으로 어느 정도 거리를 두어야겠다고 생각했다. 이젠 내 핸드폰에서 사라진 어플처럼, 거리를 두다 보면 언젠가 우울증과도 멀어질 수 있을지도 모르니.

유기견

유기견 보호소 청소 봉사를 다니면서

수많은 유기견을 봐왔다.

간단한 일과에 버거워하면서도

함께하면 서로 더욱 나은 삶을
살지 않을까 하는 생각에

마음이 점점 부풀어 올라,

답답한 심정이었다.

o

처음 유기견 보호소에 봉사를 갔을 때는 헛구역질을
여러 번 해야 했다. 냄새에 둔한 나도 이렇게 헛구역질을
하는데 후각에 예민한 개들은 얼마나 불쾌할지 상상조차
잘 되지 않았다. 사람의 손길이 그리웠던 아이들은 우리
가 배설물을 치우려 철장을 열면, 꼬리를 연신 흔들며 달
려들었다. 겨우 제자리 돌기만 할 수 있는 작은 철장이 갑
갑해서 여러 번 탈출을 시도하는 개들도 많았다. 모두 사
랑스러운 아이들이었지만 누군가에게 버림받고 말았다.

동아리에선 유기견을 위한 인식 개선 캠페인을 벌여,
사람들이 잘못 알고 있는 정보를 바로잡고, 모르는 정보
를 알리려 애썼다. 그러는 동안 자연스레 동물들에 대해
깊이 생각해보게 되었다. 알면 알수록, 생각하면 할수록,
반려동물과 함께하는 삶은 어려울 것 같았다. 한 생명의

희로애락이 나로 인해 영향을 받는다는 게 두렵기 때문이었다. 동등한 관계인 사람간의 관계와는 확연히 다르다. 내가 신경을 덜 쓰거나 관심이 식어도 잘 살아가는 사람들과는 달리 반려동물에겐 관심이 절대적으로 필요했다. 동물들의 사랑스러움이 너무나도 좋았지만, 매체를 통해 접하거나 잠깐 만나는 것과 그 삶을 책임진다는 것은 천지 차이라는 걸 알았다. 혹여라도 내가 한 생명을 망칠까 봐 두려웠다.

그런데 아이러니하게도 우울증 때문에 일상생활이 무너지자 반려동물과 살고 싶은 마음이 더 자랐다. 삶이 무너져갈 때 버팀목을 찾다 종교를 찾는 것처럼 나는 반려동물과의 삶을 바라고 있었다. 하루가 모자라도록 자신을 자책하고, 할 수 있는 것도 적어진 데다 단순한 스몰토크조차 버거워하면서도 반려동물을 기르고 싶다니. 그저 욕심일 거라 나 자신을 다독였다. 하지만 알면서도 마음이 줄어들기는커녕 점점 부풀어 올랐다. 책임질 존재가 생기면 강제로라도 움직이지 않을까? 밥을 챙겨주면서 나도 비교적 규칙적인 식사를 하게 되지 않을까? 내 증상도 나아지지 않을까? 긍정적인 질문들을 던져보았지만, 동물을 위한 마음보다는 전부 나를 위한 욕심처럼 느껴졌다. 막연한 기대로 덥석 데려올 수도 없는 노릇이었다. 집에 들여놓고 얼마 안 가, 감당하지 못하겠다는 이유로 다시 돌려보내는 무책임한 행동을 하는 사람이 되고 싶지는 않았다.

반려동물과 같이 살아보고 싶은 마음과 그런 나를 무책임하다고 비난하는 마음이 팽팽하게 맞섰다. 욕심부리지 말고 포기하라고 자신을 연신 나무랐지만, 소용없었다. 행여 섣부른 결정을 내릴까 봐 부푼 마음을 억눌렀다. 하지만 그럴수록 마음은 커져만 갔다.

고슴도치, 너로 정했다

오랜 시간 고민을 했지만,
여전히 키우고 싶었다.

그래서 나름의 기준을 정했다.

사지 말고 입양을 하고,
내 생활 패턴과 돌봄 난이도,
드는 비용 등을 따져서
종을 신중히 정하자고.

고슴도치였다.
모든 기준에
부합하는 동물.

생각보다
빠르게 만났다.

기쁨과 걱정과 설렘이
뒤엉키는 감정은 오랜만이었다.

○

　오랜 고민을 했다. 하지만 여전히 반려동물과 함께하고 싶었다. 내가 돌보며 성취감을 느끼고, 체온을 나누며 위로받을 수 있는 그런 동물을 원했다. 지금의 내 상태로는 힘들 가능성이 컸지만 어느 정도 나에게 맞는 선에서 편안하고 행복하게 살다 생명을 떠나보내고 싶었다. 사실, 유기견 보호소에서 눈에 들어온 아이가 있었다. 봉사자들이 오면 해맑게 좋아하던 아이. 하지만 개를 키울 엄두는 나지 않았다. 비용도 비용이지만 개가 원하는 만큼 교감을 해줄 자신이 없었다. 나는 반려동물과의 교감을 원하면서도, 반려동물이 나만 바라보는 건 원하지 않았다. 주거지와 안식처, 식사, 위생, 건강 정도만 챙겨줄 수 있는 동물은 없을까 알아보았다. 부모님은 반려동물을 같이 돌보기엔 이미 너무 바빴고, 동생은 별 관심이 없었다. 내가 감당할 수 있는 만큼의 보살핌을 필요로 하는 동물을 찾아야 했다.

고민에 빠졌다. 욕심인 걸 알았지만, 나랑 맞는 동물이 하나쯤은 있지 않겠냐는 생각이 자꾸만 들었다. 그래서 목록을 만들었다. 생각나는 동물들을 죄다 메모장에 적었다. 그리고 하나하나 조사를 해나가기 시작했다. 집중하며 나와 맞지 않는 점들을 찾아갈 때마다 메모장에 적힌 종들에 하나하나 줄이 그어졌다. 돌봄 난이도가 낮으면, 수명이 너무 길었다. 노년기에 접어든 유기 동물들을 데려오고 싶었지만, 부모님이 크게 반대하셨다. 그어진 줄로 빽빽해진 메모장을 보며 포기해야 하나 생각하는 날이 늘었다.

그러다 한 이름이 눈에 들어왔다. 고슴도치. 하루 20시간을 자고, 산책은 가끔 해주면 되는 동물. 비교적 병원비도 적게 들었다. 결정적으로, 평균 수명이 5년이었다. 사회적인 동물이 아니라 교감을 많이 필요로 하지도 않았다. 드디어 찾은 걸까 하는 기대감에 자세를 고쳐 앉았다. 고슴도치라면 괜찮지 않을까? 조금 더 알아보려고 고

습도치 카페에 가입했다. 함께 살아가는 사람들의 이야기를 접하고 싶었다. 선천적으로 잘 걸리는 질병, 병에 걸렸을 때에 내가 해야 하는 것들, 관리법부터 시작해 궁금한 모든 것들을 물어보고 조사했다.

카페의 입양 게시판을 보니, 1년을 채 못 채우고 재입양을 보내는 사람들이 많았다. 유학, 이사, 이민, 군대, 다른 지역 진학 등등 이유는 많았지만 무책임하다는 점에서는 다르지 않았다. 어떤 사람은 키운 지 채 3개월도 되지 않아 학업을 이유로 재분양을 희망한다며 글을 올렸다. 개나 고양이 수명의 절반인데도 이렇게 무책임한 사람들이 많다니, 마음이 착잡해졌다. 갈 곳이 없어진 이 고슴도치들 중 하나를 입양하기로 했다. 마음 같아서는 당장에라도 데려오고 싶었지만 분양 보내기를 희망하는 사람들의 거주지는 너무나 멀었고, 데리러 가기엔 고슴도치가 받을 스트레스가 너무 클 것 같았다. 그리고 무엇보다 내가 아직 준비되어 있지 않았다.

글들이 속속 올라오는 것을 보며, 한숨만 푹푹 내쉬었

다. 사진 속 아이들은 너무나 사랑스러웠기에 그렇게 며칠을 카페에 들락날락했다. 그러던 어느 날 같은 지역에서 사정상 분양자를 찾는다는 글을 발견했다. 사진 한 장 덜렁 올라와 있었지만 그렇게 사랑스러울 수가 없었다. 심장이 콩콩거리는 게 느껴졌다. 무얼 해도 그 고슴도치만 자꾸 머릿속에 맴돌았다. 누구보다 행복하게, 건강하게 해주고 싶었다. 나는 크리스마스를 앞둔 아이처럼 설렜다. 가족의 동의를 구하고, 동의를 구한 지 이틀 만에 분양을 받았다. 약속 장소로 가서, 양손을 벌려 끙끙대서 들어도 버거운 크기의 거주 상자를 받아들었다. 은신처에 콕 박힌 고슴도치가 전혀 보이지 않는데도 심장이 쿵쾅거렸다. 두려움과 걱정이 들면서도 이렇게 기쁘고 설렐 수가 없었다.

작은 산책

해야 한다고 생각할수록
부담으로 다가왔고

의무감에 하는 운동은
아주 작은 것부터 시작해도

모래성처럼
쉽게 무너져버렸다.

그래서 무작정 바깥으로
나가보자는 생각으로
시작한 산책은

10년 가까이 산 동네에서
새로운 장소를
발견하게 해주고

의무감 때문이 아닌
자발적으로
나를 움직이게 했다.

새로운 장소 찾기라는 단순해 보이는 목표가
무기력하게 늘어져 있는 시간을 메꾸고 있다.

수면 위로

어두운 바닷속에
들어갈 때면

누군가
퐁! 하고
나타나서

"만화 기대하고 있어요!"

또
퐁! 하고
나타나서

"너무 공감돼요.
잘 보고 있어요!"

그러면 기분이 좋아져서

어느샌가 수면 위로
올라옵니다.

o

　우울함에 잠겨 있는 시간은 길고, 수면으로 올라오는 시간은 짧다. 만화는 그런 잠겨 있는 시간을 기록하는 공간이었다. 우울이라는 심해에서 벌어지는 이야기들을 담은 내 만화들은 나를 위한 규칙적인 과제이자, 나와 같거나 비슷한 분들을 위한 작은 선물이 되었으면 하는 바람으로 시작했다. 때로는 자신과 같은 어려움을 헤쳐나가는 사람이 있다는 사실만으로도 큰 위로가 되니까 말이다. 그렇게 시작한 만화에 생각보다 사람들은 큰 관심을 줬고, 고맙다는 얘기를 해주었다.

　댓글이나 채팅, 익명 질의·응답 사이트를 통해서. '나만 이런 줄 알았는데….' '아무에게도 말 못 했던 얘기였는데….'라고 시작하는 따스한 말들을 정말 많이 받았다. 상담 심리사분으로부터 연락이 온 적도 있었다. 전문적인 도움이 필요한 사람들이 상담이나 정신과 진료에 대한 오해나 두려움을 가져서 도움을 구하지 않고 증상이 악화되도록 방치하는 게 안타까웠는데, 내가 올린 콘텐츠가 그런 분들이 적절한 도움을 받을 수 있도록 돕고 있다고 생각하신다며 고맙다고 말씀해주셨다. 그리고 내가 올린 만화의 상황과 지금 자신의 상황이 너무 같아서 많은 위로를 받았다며, 아픈 기억들을 제대로 마주할 수 있도록 연재해줘서 고맙다는 분들도 있었다. 내가 다니는 정신과 의사 선생님은 행여나 악성 댓글이 달라지는 않을까 걱정해주셨지만, 다행히도 세상엔 아직 따스한 구석이 있었다.

만화를 연재하면서 내가 무언가를 얻을 거라고는 생각하지 않았는데, 오히려 내가 얻는 것이 더 많았다. 쓰디쓴 기억들에 대해 다룰 땐 펑펑 울고, 모든 게 버거울 땐 짤막한 주 1회 연재도 숙제처럼 느껴질 때가 있었지만, 만화를 올리고 나면 힘듦과 아픔이 싹 가셨다. 처음에는 여러 감사 인사에도 실감이 나지 않았다. 나는 내 그림을 아끼지만 특출나지 않다는 걸 알고 있었다. 그렇기에 내가 그림에 쏟는 시간을 소중히 여기면서도 한편으로는 시간 낭비라고 생각해왔었나 보다. 그림으로 돈을 버는 것도 아니고, 사람들을 행복하게 해주는 것도 아니니 말이다. 하지만 사람들이 감사를 표할 때면, 내가 그림 그리는 데에 쏟은 시간이 헛되지 않았음을 알았다. 크진 않더라도 그들에게 무언가 주고 있음을.

사람들로부터 따스한 말들을 들을 때면 깊은 바닷물도 차갑게 느껴지지 않았다. 힘을 내어 수면으로 올라오는 날들도 늘어갔다. 사람들이 건네주는 응원의 말이 어색하면서도 따스해서, 아직 살만한 세상이구나, 열심히 살아가야겠다는 생각을 한다. 계속해서 서로를 따뜻하게 만들어줄 마음을 주고받기 위해서.

나의 말랑이

작디작은 생명이지만 꽤 무거웠다.

내 손을 물어도 사랑스러웠고,

사료를 얼마나 먹었는지
확인하고 걱정하는 게
일상이 되었다.

건강에 이상이
생기기라도 하면
죄책감이 들었다.

목욕을 시키고,
양치를 시킬 때마다
나를 싫어하면
어떡하나 싶지만

건강하게 잘 살다 간다면
나를 증오해도 좋다는 생각이 들었다.

o

처음 만난 고슴도치는 생각보다 무척 작았다. 한 손에
쏙 들어와 자칫하면 유리잔처럼 깨질 것만 같았다. 처음
엔 서먹서먹했지만 어느 정도 시간이 지나자 같이 낮잠
을 잘 만큼 정이 들었다. 잠에 들 때면 달달달거리는 쳇바
퀴 소리가 익숙했고. 자고 일어나면 울타리 속 배변패드
를 가는 게 일상이 되었다. 움직이는 소리가 들리다 잠잠
해지면 사료를 얼마나 먹었나 밥그릇을 확인하는 습관이
들었다. 침대에 사고를 쳐놔도 마냥 귀여웠다.

때때로 먹으면 안 될 걸 주워 먹거나, 아프기라도 하
면 죄책감에 안절부절못하고 행여 생명에 지장이 갈까
발을 동동 굴렀다. 목욕을 시키거나 양치를 시킬 때면 씩
씩 화를 내거나 심지어 내 손을 물 때도 있었지만 하나
도 밉지 않았다. 그저 나를 싫어하면 앞으로 돌보는데 지

장이 있지는 않을까 하는 걱정뿐이었다. 고슴도치 말랑이와 함께 산 지 오래 되지 않았는데도 내 삶 깊숙이 자리하고 있었다. 동시에 부모님에 대해서 생각해보는 계기가됐다. 수시로 말랑이의 밥그릇을 확인하는 내 모습은 바쁜 와중에도 시간이 날 때 전화해서 밥은 먹었냐고 물어보시는 엄마를 떠올리게 했고, 말랑이의 사소한 행동에도 아픈 건 아닌가 안절부절못하는 내 모습에 내가 조금이라도 아픈 기미가 보이면 수시로 열을 재러 방을 들락날락했던 아빠의 모습이 떠올랐다. 내가 말랑이에게 가지는 생각, 보이는 행동들을 통해 나를 보는 엄마와 아빠의 모습을 찾을 수 있었다. 그럴 때마다 부모님이 정말 나를 사랑하는 게 맞구나 싶으면서도, 그러면 왜 그때 그런 행동을 했는지, 왜 그런 말을 했는지, 더욱 이해가 되지 않았다.

아빠가 했던 말이 떠올랐다. 내가 당해온 폭력에 대해 언급하자, "너도 나중에 자식 낳게 되면 이해할 거야."라고 말했다. 그 말을 듣고는 부모님에게 폭력을 당했던 한 중년 여성분이 쓴 글이 떠올랐다. 그 여성분은 자신이 어릴 적에, 부모님이 폭력을 행사한 것에 반박할 때마다 너도 나중에 자식을 낳으면 이해하게 될 거라고 말했다고 했다. 그리고 지금 어느 정도 큰 자식을 둔 지금, 부모님이 하신 행동이 더더욱 이해되지 않고, 그게 폭력이었단 걸 더 확실하게 인지하게 됐다고 말했다.

자식을 꼭 가져봐야 진정으로 사랑하는 마음을 아는 건 아니었다. 나는 반려동물과 함께 사는 것만으로도 내가 당해온 것이 폭력임을 더 명확히 알았다. 부모님은 말로 해서 듣지 않아 훈육을 하셨다고 했지만 나는 말이 통하지 않는 말랑이가 내 말을 듣지 않는다고 폭력을 휘두르지 않는다. 내가 말랑이를 매일 챙겨주고, 말랑이에게 물리면서도 말랑이에게 보복을 가해야겠다고 생각한 적도, 내가 챙겨주니 나를 사랑하고 좋아해줘야 한다고 생각한 적은 단 한 번도 없었다. 하지만 부모님은 자신의 행동을 정당화하며 학대를 한 자신들을 사랑해주기를 바랐다. 정말 내가 자식이 생기면 부모님을 이해하게 될까 생각한 적도 있었지만 다시 한 번 아니라는 걸 깨달았다. 아마도 나는 영원히 엄마와 아빠를 이해할 수 없겠지.

도움을 주고 싶어

제가 …한 일이 있었는데요.

이런 경우엔 정신과를…

…무기력하고 공부가 안 돼요.

제가 우울증인지 아닌지…

만화를 올리고 나서부터
메시지와 사이트를 통한
고민 상담,

몇 살이세요?

어떤 프로그램으로 만화들…

지금은 다 나으신 건가요?

…인가요? 궁금해서요.

단순히 호기심에 의한
질문,

쉬이 말 못 할 사연들까지,
많은 이야기를 접했다.

어떤 대답을 해야 할지 고민한 적도 많았고,

때론 부담으로 다가오지만

감사하단 한마디에 힘을 얻을 때면,

작게나마 도움이 되고자 하는 마음이 퐁퐁 솟는다.

○

'제가 우울증일까요?'

'정신과 추천 부탁해요.'

만화 연재를 시작하고부터 메시지를 종종 받았다. 처음에는 단순한 질문들이었다. 그래서 어느 병원을 다녔다, 비용은 어느 정도가 들었다, 정도의 간단한 답변을 하면 됐었다. 그런데 갈수록 깊은 속내를 보여주며 고민 상담을 요청해왔고, 자연스레 어떤 답변을 드려야 할까 고민하는 시간이 늘었다. 어떤 방법을 이용하면 도움을 드릴 수 있을까 고민하다가 익명 질의·응답 사이트를 알게 되었다. 가입이 필요 없어 접근성이 좋고, 익명성이 보장되어 보다 진솔하게 얘기를 털어놓을 수 있는 플랫폼이었다. 이걸 이용하면 편하게 얘기를 할 수 있겠다 싶어링크를 마련했고, 매주 만화를 올리면서 글에 링크를 첨

부했다. 효과는 정말 좋았다. 드문드문 오던 메시지와 달리 사이트를 통한 질문은 우르르 쏟아졌다. 우울증에 관해 검색하다 내 만화를 본 사람, SNS 내 해시태그를 통해 들어온 사람, 만화를 보며 자신이 우울증인지 혹은 정신과를 가야 하는지에 대해 생각해보기 시작한 사람들까지. 다양한 사람들의 다양한 고민과 이야기들을 접했다. 어떠한 대답을 원해서가 아니라 털어놓을 곳이 없어 말 못 했던 이야기들을 가져오는 사람이 적지 않았다. 쏟아지는 질문만큼 나도 이리저리 고민하고 알아보며 답변을 달았다.

유독 많았던 질문은 '제가 우울증인지 아닌지 모르겠어요.'였다. 생각보다도 많은 사람이 예전의 나처럼 우울증 증상을 보이면서도 확대 해석하는 건 아닐까 싶어 확신하지 못하고 있었다. 다른 우울증인 사람들에 비해서 자신은 괜찮은 편이라 생각되어 헷갈린다고 했다. 그렇게 얘기하신 많은 분이 나에게 맞다, 아니란 확실한 대답을 원했겠지만 나는 그런 답을 내릴 수 있는 사람이 아니었다. 내가 할 수 있는 건 확실한 판단을 원하시면 진단을 받아보시라 권하고, 나와 같은 증상을 얘기하셨던 분들에겐 이 부분은 제 증상과 같다, 꼭 알려진 우울증 증상에 모두 해당되어야만 우울증인 건 아니다, 라는 말이었다. 부족한 답변이었지만 감사하게도 적지 않은 분들이 다시 사이트에 감사 인사를 남겨주었고 덕분에 상담을 이어갈 수 있었다.

　마땅히 털어놓을 사람이나 공간이 없어서, 혹은 자신을 알지 못하는 사람이나 우울증을 겪고 있는 사람에게 답변을 듣고 싶어서 찾는 사람들이 많았다. 대부분의 사람들은 답변을 잘 들어주었지만, 때론 답변을 해도 도돌이표와 같은 질문을 하거나, 해결책을 권유해도 계속해서 뚜렷한 이유 없이 거절을 하는 사람들도 있었다. 그리고, 너무 늦게 답변을 달면 글쓴이가 답변이 달렸는지 찾아보다가 지쳐서 확인하지 못하는 일도 생길 수 있기에 빠른 답변을 다는 것이 중요했다. 그게 부담감으로 다가오기도 했고, 답변을 서두르다 실수를 하지는 않을까 불안했다. 그래서 더욱 조심스럽게 답변을 달아왔는지도 모른다.

내가 똑 부러지는 해답을 제시해주는 게 아니라 불만인 사람도 적지 않았을 테고, 답변을 확인하지 않는 사람들도 있을 테지만, 작은 도움이라도 되고 싶어서 시작한 게 무의미하진 않아 보람을 느낀다. 언젠간 그들 곁에 이야기를 들어줄 사람이 생기거나, 정신과 치료나 심리 상담을 시작하게 되기를. 문제가 생겨도 수월히 해결해나갈 수 있게 되기를. 그래서 사이트나 메시지를 통해 고민 상담을 해오시는 분이 없기를 바라고 있다.

소중한 사람이 우울증을 앓는다면

생각보다 우리 주변엔
우울증을 앓는
사람들이 많고,

또 그만큼
그들을 돕고 싶어 하는
주변인들도 많지만

다들 어떤 말과
행동을 하면 좋을지
어려워한다.

그런 분들에게
도움이 되길 바라며
적어보았다.

1. 비전문가의 도움에는
   한계가 있으니
   상대의 상태가
   나아지지 않더라도
   자책하지 마세요.

2. "너 때문에 우울증 걸릴 것 같아."
   "또 울어?" "약 언제 끊어?"
   "언제쯤 나아져?" 등의
   재촉하는 말은 삼가세요.

3. 특별히 언짢을
   준 것이 없다면,
   우울증인 걸
   알기 전처럼 대해주세요.

4. 우울증을 털어놓을 땐
   조언보다는
   공감, 경청, 위로해주세요.

5. 마지막으로,
   받아주고 들어주는 것이
   지치고 버거워진다면
   솔직하게 얘기하고
   무리하지 말아 주세요.

○

생각보다 우울증을 앓는 사람들이 많다는 건, 이제 익숙해진 정보일 테다. 그러다 보니 우울증을 앓고 있는 사람을 곁에 둔 사람들도 많아졌다. 그중 몇 사람은 우울증 환자를 대하는 자신의 말과 행동에 주의를 기울인다. 그런 우울증 환자의 친구, 애인, 가족 등 주변인들에게서 많은 질문을 받았다. 어떤 말을 해주어야 하는지, 어떤 말은 삼가야 하는지, 또 어떻게 도움을 줄 수 있을지 말이다. 사실, 이렇게 묻는 사람이라면 이미 무례하게 행동하지 않을 것이다. 그들을 떠올리며, 우울증을 앓는 사람을 곁에 둔 주변인들에게 기억했으면 하는 몇 가지를 전하고자 한다.

하나. 상태가 나아지지 않더라도 자책하지 말기
전문가도 우울증을 확실하고 완전하게 낫게 하지는

못해요. 아무리 의지가 되고 살아갈 힘을 주는 사람이 곁에 있다고 해도, 그 힘을 무력화시키는 상황과 편견, 증상들에 제자리걸음을 하거나 뒷걸음질 치는 경우도 있어요. 그러니 무던히 노력했는데도 상태가 나아지지 않는 것을 자신의 탓으로 여기지 말아 주세요.

둘. 비난, 비교, 재촉하는 말은 금지

"이제 그만할 때도 되지 않았어?" "누구에 비하면 넌 괜찮은 편이지." "약 좀 끊어." "언제쯤 나을래?" "언제까지 그럴 거야." "또 울어?" "왜 또 그래." 이 말들은 전부 제가 친구나 가족에게 들은 적 있는 말이에요. 상대는 별 생각 없이, 혹은 지긋지긋하다는 생각에 툭 내뱉었겠지만 당사자는 이로 인해 받은 상처가 사라지진 않을 거예요. 우울증이 아닐 때도 이런 말들은 비수가 되는데 우울증일 때는 무너지기에 충분한 요소가 돼요.

셋. 조언보다는 공감, 경청, 위로

우울한 감정, 증상과 상태에 대해 털어놓을 때 해결을 바라고 얘기하지는 않아요. 막막해서, 갑갑한 감정을 조금이라도 해소하고 싶어서예요. 그저 많이 힘들었겠다며 다독여주고, 들어주세요. 저도 제 이야기를 털어놓을 때 조언을 해주는 사람들이 있었는데, 지나고 나면 더 씁쓸해질 뿐이었어요. 몰라서 안 하고 있는 게 아닌 조언들을 또 듣는 건 마음만 상하게 할 거예요.

넷. 버거워질 땐 더 무리하지 말기

상대가 꼭 우울증인 사람이 아니더라도 지속해서 상대의 무거운 얘기들, 고민거리들을 지속적으로 듣는 건 큰 정신노동이자 감정 노동이 될 수 있어요. 처음에는 괜찮을지 모르지만, 얘기를 들어주고 받아주는 것이 버거워진다면 더는 속앓이 하지 마세요. 횟수를 줄여줬으면 좋겠다, 혹은 이 정도 얘기만 해줬으면 좋겠다고 얘기하거나 들어주기 버거울 때는 지금은 들어주기 힘들다고 단호히 얘기해주세요. 버거운데도 참다가는 건강한 관계를 유지하기 어려울 거예요.

다섯. 기다려주기

스트레스에 취약하고, 간단한 생활들이 버겁게 여겨

지다 보니 전화 통화, 만남 자체가 스트레스를 받는 요소로 다가올 수 있어요. 그러니 약속이나 전화 통화를 피하거나, 연락이 며칠 혹은 주 간격으로 늦어진다면 버겁거나 부담되느냐고 물어봐 주세요. 그렇다고 하면 재촉하지 말고 기다려주세요. 먼저 어느 기간 동안 연락을 하지 말아 달라, 혹은 전화는 걸지 말아 달라 부탁한다면 들어주세요. 괜찮아진다면 먼저 연락을 해올 거예요.

약을 끊었더니

부모님은 늘 나에게
약을 끊으라고 말하셨다.

어느 정도 증상이 줄어들자,
압박감에서 벗어날 수 있겠다고 생각했다.

그토록 바랐던 정신과엔
약속일을 넘기고
가는 날이 잦아졌고,

약은 받아 와도
먹지 않아 쌓여갔다.

괜찮다고 생각했지만,
전문가의 판단 없이 끊은 게
긍정적으로 작용할 리 없었다.

결국 다시 약을 먹기 시작했다.

약을 끊었었니?

부모님께 다시 약을 먹어야겠다고 말했더니,
내게 시큰둥하게 답했다.

그제서야 알았다.
그들이 걱정한 것은 맞지만,

내가 아닌
나를 걱정하는 자신들을
위해서였음을.

○

첫 정신과 방문 후 시간이 지났다. 병원에 가는 일도, 매일 꾸준히 약을 먹는 일도 일상이 되었다. 그렇게 자연스럽게 전과는 달라진 일상에 적응해갔다. 여전히 아프고 고통스럽고 서러운 순간들도 있었지만, 낯선 감각들은 아니었다. 두 번, 세 번 거듭될수록 알게 모르게 이겨나가는 요령이 붙었다. 시간이 지나도 적응되지 않는 것이 있다면 바로 부모님의 말이었다. 여전히 내가 우울증임을 거부하는 말들, 그리고 약을 그만 먹으라는 직간접적인 압박.

누구보다 약을 그만 먹고 싶은 건 나라고 얘기를 해봐도 돌아오는 답은 뻔했다. 나는 이제 숨이 막혔다. 이제 겨우 무언가를 지지대 삼아 일어섰는데 자꾸만 지지대를 버리고 달려야 한다는 말로 들렸다. 부모님의 말 때문에 나를 낫게 할 약을 먹으면서도 죄책감을 느꼈다.

그렇게 어느 정도의 시간이 흘러, 점차 증상이 나아지고 있었다. 머리를 찌르던 두통도, 소화 불량도 점차 나아져 의사 선생님이 나를 보는 얼굴도 점점 밝아졌다. 그럴수록 나는 약을 중단할 날만 고대했다. 증상이 나아질수록, 마음은 더 초조해졌다. 약을 빨리 끊어야 한다는 압박감이 나를 짓눌렀으니까. 부담감 때문인지, 날이 갈수록 약을 까먹는 날이 늘었다. 까먹은 걸 알아차려도 먹지 않는 날이 늘었고, 증상이 악화되어도 약을 못 본 체하는 날이 늘어갔다. 그렇게 정신과에 가는 날을 미루면서, 약을 안 먹은 지 2주가 훌쩍 넘었다. 이제는 두려웠다. 증상은 많이 나아졌지만 나는 아직 예전으로 돌아가지 못한, 무기력한 우울증 환자로만 보였다. 내 의지로 약을 안 먹기 시작했으면서 의사 선생님에게 '그 기간 동안 약을 안 먹었는데 괜찮으신 걸 보니, 이제 약을 안 드셔도 괜찮겠네요.'라는 말을 들을까 봐 두려웠다. 이 상태가 다 나은 거라고? 생각만 해도 몸서리쳐졌다.

더는 정신과 방문을 미루면 안 되겠단 생각에 병원으로 향했다. 그리고 약 처방을 받았을 때는 비로소 안도감을 느꼈다.

하지만 어리석게도 잠깐의 안도감을 얻은 나는, 다시 병원으로의 발걸음을 끊게 되었다. 눈길이 닿는 곳에서 약을 치워버렸고, 약을 먹어야 한다는 사실을 빠르게 잊었다. 증상은 가랑비에 젖듯 조금씩 다시 깊어졌다. 꾸준히 먹어야 했던 약을, 전문의의 판단도 없이 중단했기에 점점 나빠지는 상태에 자책했다.

이 시기에 편집자님과 소통을 하고 있었는데, 어느 날 편집자님으로부터 온 메일에 충격을 받고 말았다.

"무슨 일 있으신가요?"

내 SNS 활동이 뜸해진 걸 보고는 무슨 일이 있는지 걱정되고 궁금하다는 메일이었다. 그제야 알아차렸다. 내 활동이 부쩍 줄었다는 것도, 최근 감정 조절이 잘 되지 않았던 것도. 무슨 일 있냐는 그 한마디가 머릿속에 박혀 떠나지 않았다. 뒤늦게 머리를 굴려보았다. 나한테 무슨 일이 있었지? 특별히 무슨 일이 있었나? 한참을 이것저것 생각해본 후에야 약을 안 먹은 지 제법 오래됐다는 걸 알았다. 갑자기 울컥 눈물이 쏟아졌다. 그런 무모한 선택을 하다니. 약을 끊어야 한다는 압박 때문에 전문의의 판단

없이 복용을 중단했던 사실에 서러워졌다. 그리고 나 자신에게 너무 미안했다. 그렇게 하염없이 울다가 약을 다시 먹으리라 다짐했다.

그날 밤, 부모님에게 얘기를 꺼냈다. 다시 약을 먹을까 한다고. 부모님은 무심한 표정으로 그동안 약을 안 먹었었냐고 물었다. 순간 울화가 치밀었다. 조롱받는 기분이었다. 내가 왜 그렇게 악착같이 약을 멀리했는데. 생각과 전혀 다른 반응에 처참했다. 시작은 나에 대한 걱정이었을지는 몰라도, 실은 결국 자신들의 편안함을 위해서였다는 걸 그제야 알았다. 마음이 더욱 착잡했던 건 나조차도 나 자신보다는 엄마 아빠를 위해 행동했다는 사실이었다. 다시는 흔들리지 않으리. 그날 굳게 다짐하곤 바로 다음 날 정신과로 향했다. 그때 받아온 약은 다음 정신과 방문일에 맞춰 깔끔하게 비워졌다. 나를 위해서 다시 약을 먹기 시작했다.

교내 상담 선생님이
청소년 상담복지센터
라는 곳을 알려주셨다.

상담사에게 상처 되는 말을 들었다는
얘기들이 심심치 않게 들렸지만
그래도 무료라면 좀 덜 억울하겠다 싶었다.

상담을 받으면서,
펑펑 울며 많은 이야기를
쏟아냈다.

묻어두려 애쓰던
기억들 사이를 파헤치고
다시 떠올리는 일이
아리고 힘들었지만,

'나'와 '내가 받은 고통'을
분리할 수 있게 되었다.

○

　증상이 심해지던 어느 날부터 교내 상담 선생님과 종종 상담을 했다. 그러다 선생님이 지속적으로 상담을 받아볼 생각은 없냐고 물으시면서 청소년 상담복지센터라는 곳에 대해 알려주셨다. 만 24세까지 상담이 가능하고 나라에서 지원해주기에 무료지만, 대기 시간이 길 거라고 하셨다. 수도권은 몇 달도 걸리는데 내가 사는 곳은 다행히 지방이었기에 기다려볼 수 있겠다는 생각이 들었다.

　하지만 날 더 고민하게 만든 건 상담 후기였다. 나라에서 지원해주는 상담 서비스에서 상담사의 말로 인해 오히려 더 상처받았던 사람들의 얘기를 들은 적이 있기에 마음에 걸렸다. 우울감이 극도로 커진 상태로는 펑펑 울다 나오는 게 고작일 것 같았다. 상담을 하다가 상처를 받을까 봐, 그래서 무너질까 봐 많은 고민을 했다. 내가 괜찮은 상담사를 만날 수 있을지는 미지수였다. 만나봐야 알 수 있기에 꼬리에 꼬리를 물고 늘어지는 고민을 서둘러 잘라냈다. 일단 받고 생각해보자. 그리 결심했다. 만일 상담사가 나에게 무례하게 굴거나, 안 맞는다는 생각이 들면 바꾸고 싶다고 얘기하면 되니까. 그렇게 마음의 준비를 하고는 정신과 방문만 기다리며 버텼던 것처럼 상담일을 기다리며 학교에서의 시간을 버텼다.

첫날엔 검사지를 작성했다. 그리고 나서 상담에 들어갔고 어찌어찌 얘기를 나누고 돌아오는데 집에 도착하고 보니 무슨 얘기를 나눴던 건지 하나도 떠오르지 않았다. 이렇게 받는 상담이 의미가 있을까 싶어 그 다음 날부터는 상담 받고 나오는 길에 기억하고 싶은 내용을 메모하기 시작했다. 상담은 총 12회로, 2주마다 한 번씩 진행됐다. 일대일로 작은 방에서 조용하게. 상담사와 대화를 나누는 방식이지만 대부분 내가 얘기하게 되었다. 당연한 얘기지만 시원하게 해결책을 제시해주지는 않았다. 그보다 내 기억들과 감정들을 되짚게 해주었다. 그때 내 기분이 어땠고, 왜 그런 감정을 느꼈는지, 그 이유는 무엇인지. 차근차근 얘기는 깊어졌다. 어떤 날엔 펑펑 울기도 했다. 떠올리면 마음이 미어져 묻어뒀던, 나도 잊고 있던 기억들을 끄집어내야 했기에. 상담을 거듭할수록 나는 더 깊은 감정들과 기억들을 마주해야 했다.

어느덧 찾아온 마지막 날, 선생님은 내게 그간의 상담이 어땠냐고 물어보셨다. 나는 몇 달간의 기억을 돌아보며 대답했다. 나를 더 객관적으로 볼 수 있게 됐다고. 내 기억들 중엔 증오심과 우울감으로 뒤덮여 과장된 것도 있었고, 현실을 부정하고 싶어서 나도 모르게 미화한 부분도 있었다. 나도 모르게 사실을 왜곡해오던 기억들을 상담을 받는 동안 분명히 할 수 있었다.

나는 내가 당해왔던 폭력과 학대가 사랑을 표현하는 하나의 방법이라고 굳게 믿어왔었다. 지나고 보니 내가 학대를 당한다는 사실을 받아들일 수 없었기 때문이기도 했지만, 엄마 아빠가 '사랑해서' 그런다는 말로 세뇌를 했기 때문이기도 했다. 그렇기에 그들이 내게 보여준 모습이 실은 사랑이 아니라는 걸 알았을 때 배신감과 증오는 배로 몸집을 불렸다. 때론 증오심이 다시 삶을 일으키는 계기가 되기도 하지만, 나는 증오심을 가지는 것만으로도 버거웠다. 남을 미워하는 데엔 생각보다 많은 힘이 드는 법이다. 나는 우울에 잠식되어 있는 시간 동안, 콩알만큼 남은 힘을 엄마 아빠를 증오하는 데에 쏟았다. 악순환이었다.

그런데 몇 달간의 상담이 그 고리를 끊어주었다. 부모님을 용서할 수 있게 된 건 아니지만 '나'와 '그때 느낀 감정'을 분리하는 데에 조금은 능숙해졌다. 이제는 그때의 기억이 나를 뒤덮지 않도록, 덜 아플 수 있는 방법을 찾았다.

비만은커녕 과체중도 아닌데
부모님은 늘 나를 다그쳤다.

그래서 살이
조금이라도 붙으면
굶고 운동을 했다.

그렇게 하면
다시 살이 빠지긴 했지만

만족감이 들지도,
자신감이 생기지도 않았다.

그저 부모님의 가치관에
날 욱여넣을 뿐.

스트레스를 받을 때마다
폭식으로 풀던
나는 한계를 느꼈다.

더는 저체중에
가까운 몸무게를 위해
애쓰지 않았다.

답답하다고 느껴왔지만
남들의 말 때문에 자르지 못했던
머리칼도 잘라냈다.

타인의 가치관에 욱여넣었던
내 몸을 꺼내는 순간이었다.

o

"헤어지기라도 했어?" 짧아진 내 머리를 보고 누군가
물었다. 그냥 자르고 싶어서 잘랐다고 답했다. 수년간 앞
머리 있는 긴 머리를 유지해온 데엔 아무도 이유를 묻지
않았지만, 싹뚝 잘라버린 머리엔 관심이 끊이지 않았다.
자르고 싶어서 잘랐다며 건성으로 대답을 하며 넘겼지만
짧아진 머리카락에는 그 이상의 의미가 담겨 있었다. '앞
으로는 타인의 가치관에 나를 욱여넣고 살지 않겠다.'는
다짐.

내 친구는 방학만 하면 머리를 빨강, 초록, 이색저색
쨍한 원색으로 물들이기 바빴다. 친구들과 만나기라도
할 때면 다들 안 어울린다, 너무 튄다, 하나둘 말을 얹었
지만 그 친구는 흘려듣고 다음 방학엔 더 파격적인 색으
로 머리를 물들였다. 그러다 보니 어느 샌가부터 바뀐 그

친구의 머리 색을 보고 모두들 별말을 하지 않았다. 나는 그 친구완 정반대였다. 짧은 머리를 하고 싶었지만, 긴 머리가 더 잘 어울린다는 말에 마음을 접었다 폈다 했다. 날씬한 몸매는 내 행복에도, 만족감에도, 자존감에도 보탬이 되지 않았지만 조금이라도 살이 붙으면 점심시간에 밥을 거르고 운동을 했다. 아침은 삶은 계란 두 개로 때웠다. 살이 빠져 저체중이 된 내 몸을 보고는 "너는 지금 이 정도가 제일 예뻐."라고 말하던 부모님 때문이었다. 조금이라도 살이 붙으면 하루에도 몇 번씩 살 빼라고 얘기했다.

굶다가 스트레스성 폭식으로 인해 살 빼는 게 마음대로 되지 않았을 때가 되어서야 나는 반기를 들었다. 어느 날, 퇴근하고 집에 오자마자 날 보고 살 좀 빼야겠다고 말하는 아빠의 말에 그만 폭발해버렸다. 비만은커녕 과체중도 아닌 내가 스스로 원하지도 않는데 강박처럼 체중에 집착하는 원인을 그제서야 알았다. 부모님의 가치관에 억지로 맞춰 살다 보니 그게 내 가치관인 줄 착각해왔던 것이다.

하지만 내 몸이 들어가지 않는 가치관에서 튕겨져 나온 이후에도 타인의 가치관에 나를 욱여넣는 걸 그만두지 못했다. 긴 머리 스타일을 고수하는 게 나에게 어떠한 만족감도 즐거움도 주지 않는데도 변화를 주는 일이 어렵게 느껴졌다. 머리를 짧게 자르고 싶다는 생각을 하던 수많던 날들 중 어느 날, 부모님의 가치관에 맞춰 날씬한 몸을 만들기 위해 굶는 것과 지금이 뭐라 다른가 싶었다. 그래서 미용실에 가 머리카락을 잘랐다.

정신과에 가지 말란 말에, 참다가 버틸 수 없는 지경이 오고 나서야 정신과에 갈 것을 강하게 밀어붙인 것처럼, 살을 뺄 수 없는 상황이 되고 나서야 내가 원해서 살을 뺀 게 아니라는 걸 알게 된 것처럼, 더 이상 나를 그 틀에 넣을 수 없게 되었을 때가 아니라 내 의지로 몸을 빼낸 첫 발걸음이었다. 발자국 하나 찍고 마는 게 아니라, 앞으로는 그 발자국으로 길을 만들어볼까 한다. 내 가치관에 맞춰 걸어가는 길을.

너그럽지 못한 마음

나는 마냥 착하지도
나쁘지도 않은
보통의 사람이라고 생각합니다.

착해 보이고 싶어
무리하게 애쓰진 않습니다.

하지만 동시에
나쁜 사람이 되고 싶지도 않아서
자기 검열을
많이 하는 편입니다.

이 버릇 덕에, 이기적인 사람은
되지 않을 수 있었습니다.

하지만 뭐든지 넘치면 안 좋다고...
우울 증세가 심해질 때면 검열은
자기 비하가 되어 저를 괴롭혔습니다.

심할 때는 작은 말 실수에
자신을 비관하며
펑펑 운 적도 있습니다.

로봇이 아니니,
실수할 때마다
자책할 필요가
없다는 걸 알지만

여전히 남들의 실수를
대하는 것만큼
내 실수를 너그럽게 대하기가
어렵습니다.

취미 발굴

그림은 내가
오랜 시간 지켜온 취미였다.

주변의 칭찬이, 노력한 만큼
능숙해지는 과정이 즐거웠다.

하지만 우울증은
이마저도 앗아갔다.

그림 그리던 시간들이 비자,
마치 나 자신이 텅 비어버린

빈 면을 마주하기 두려워
무엇으로든 메워보려고

가지 각색
다양한 취미들에
도전했다.

몸을 움직이니
공허했던 마음이
조금씩 채워졌다.

포기하지 않길 잘했다는 생각이 들었다.

정신과는 어때

많이 듣는 질문이다.

내가 간 정신과에는

잔잔한 피아노 음악이
흐르고,

다양한 연령대의
사람들이 있고,

성심성의껏 진료해주시는
선생님이 계셨다.

그렇게 막 차이가
있진 않더라.

다른 병원과 다른 점은,
느끼지 못했다.

세 번째 일기장

그럼에도

한 걸음

성인

스무 살.

성인이 되었다.

이제 나를 보호해주고
신경 써줄 의무를 진 사람은
아무도 없다.

나는 내가 챙겨야 한다.

보건실로도
도망가지 못하고,
졸업만 바라볼 수도 없다.

설렘은 짧고,
두려움이 길게 남는다.

사람들은 정신과에 가는 걸
어려워하고 피한다.

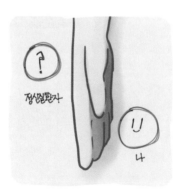

정신질환은 자신과
별개의 일이라 생각해서,

사람들의 시선이
두려워서,

사실은
요만한 정도인데

내가 괜히 크게 부풀려서
생각하는 걸까 봐.

하지만 주변의
여러 정신질환을 겪은 사람들과
내 경험에 비춰보면

정신과에 가기
가장 좋은 때는

'정신과에 가야 할까?'
하는 생각이 드는
바로 그때였다.

ㅇ

생각보다도 더 많은 사람들이 정신과에 가는 일을 미루고 피한다. 정신질환은 자기에게 일어날 일이 아니라고 생각해서, 자신이 혹시 '정신병자'일까 하는 두려움에, 정신과를 가는 자신을 보는 사람들의 시선이 두려워서, 너무 부풀려서 생각하는 걸까 봐. 너무 아프고 힘들어서 진료를 받으러 갔는데 알고 보니 정신질환이 아니어서 도리어 한심한 자신을 마주할까 봐…. 저마다 다른 이유로 사람들은 정신과에 가는 걸 어려워한다.

만화를 연재하면서, SNS의 다이렉트 메세지와 익명 질의·응답 사이트를 통해서 그런 사람들을 많이 접했다. 이해가 안 되는 건 아니지만 늘 안타깝다. 사람들은 정신과를 다른 분야의 병원과는 전혀 다른 무언가라고 여기는 것 같았다. 하지만 나에겐 소아 청소년과, 피부과처럼 정신과도 그저 평범한 병원 중 하나였고 그건 사실이었다. 진료 과정도 다른 곳과 별반 다르지 않았다. 피부과에서 피부에 대한 진찰을 하는 것처럼, 정신과에선 그저 정신 상태에 대한 진료를 보는 것뿐이었다.

감기약을 먹을 정도인지 아닌지 모호할 때 우선 병원에 가서 진료를 받아보는 것처럼, 심적으로 힘든데 정신 질환인지 아닌지 모르겠다면 진료를 받아보면 될 일이다. 많은 사람들에게 '정신과에 가보는 게 좋다.'고 말해봤지만 대다수는 '그래도'를 붙여가며 재차 질문을 해왔다. 열이 펄펄 나고, 식은땀이 나는데도 아픈 게 맞을까 하며 지나친 고민을 하는 격이었다. 물론 참을만 해서, 일상생활에 큰 지장이 없어서 망설여질 수 있지만 자칫 안일하게 넘겼다가 증상을 악화시킬 수도 있다.

나는 정신과에 너무나도 가고 싶었지만 청소년이었기에 부모님의 동의가 필요했다. 여러 번 시도했지만 거절당했고, 그로 인해 많은 기회를 날렸다. 처음엔 '그래, 이 정도로 무슨 정신과야.'라며 나를 다독였고 또 한 번 기회를 놓쳤을 땐 버틸 수 있을 거라며 다독였다. 그때마다 증상은 심해졌고, 그러다 결국엔 일상이 무너져버렸다. 정신과 방문이 조금만 더 늦었다면 나는 고등학교 졸업을 한 달 앞두고 자퇴했을지도 모른다. 나는 증상이 심해지는데도 나 자신을 억지로 다독였던 지난날들이 후회스러웠다. 그래서 그때 미친 짓을 해서라도 정신과를 갔어야 했다고 생각했다. 그런데 누구의 허락을 받을 필요도 없는 사람들이 심한 증상을 보이면서 정신과에 가지 않는 걸 보니 안타까웠다.

그런 사람들에게 처음에는 힘들지 모르지만 다른 병원들과 다를 바가 없음을 받아들이면 마음이 조금 편해진다고 얘기해주고 싶다. 내게도 정신과에 가보라고 말해주는 사람이 있었다면 좋았을 텐데. 만약 '정신과에 가야하는 건가?' 하는 생각이 들었다면, 그때가 정신과에 가야 하는 타이밍이다. 치료가 필요한지 아닌지, 정신질환인지 아닌지는 전문의가 판단할 일이니까. 아니라면 다행이라고 여기며 기분 좋게 돌아오면 되니까.

살아 있길 잘했다

이곳에서 떨어지면 죽는다는 사실보다

내일이 오는 게 더 두려웠다.

그리고 그것보다
내 죽음이 누군가에게
폐가 되는 게 두려웠다.

이런저런 이유를
핑계 삼아
살고 싶었는지도
모르겠다.

그렇게 살아 있다 보니

새벽 공기를
또 맡고 싶다는
사소한 것부터

원하는 꿈을
이루고 싶다는 생각까지,
죽지 못할 이유가
늘어갔다.

이거랑 저거랑..
하다보면 밤 새겠네.

살아 있길 참 잘했다.

○

한때는 삶을 스스로 끝맺는 사람들이 잘 이해되지 않았다. 이해해보려 해도 막연하게 생각할 뿐 정말로 이해가 된 적은 별로 없었다. 고통으로 몸부림치다 숨이 멎어버릴 수 있겠다고 느낀 그날 밤, 맨발로 차가운 계단을 오르면서 나는 심리적인 고통이 한계까지 다다라 이걸 끝낼 수 있는 게 죽음밖에 없다고 생각했다. 열리지 않는 옥상 문고리를 연신 돌려보다 문득 내가 무슨 짓을 하려고 한 건가 싶었다. 문이 열리지 않아 다행이라는 안도감이 아닌 허망감을 느꼈다. 문고리가 돌아갔다면, 문이 열렸다면 어떻게 되었을까.

이후로도 문득 죽음에 대한 생각이 들 때가 있었다. 그러나 그때마다 내가 여기서 뛰어내리면 가족들의 재산인 아파트 값이 떨어질까 봐, 내 죽음을 목격한 사람들 또는 나를 친 운전자가 트라우마를 갖게 될까 봐, 늘 생각으로 그쳤다. 그러나 생각은 이어졌다. 잠이 들기 전에, 밥을 먹다가도, 친구들과 즐겁게 노는 와중에도…. 그러다 어느 순간부터 생각하는 횟수가 차차 줄어들더니 주기가 매우 길어졌다. 옥상으로 오르던 날에도 서로 아픔을 털어놓을 수 있는 오래된 친구도, 의지할 수 있는 애인도, 책임져야 할 반려동물도 있었다. 그런데 왜 요즘은 죽음에 대한 생각이 들지 않을까. 가만히 생각해보니 죽지 못하는 이유들, 그러니까 살아야 하는 이유들이 많아졌기 때문이었다.

그간 나는 대학에 합격했고, 내 만화를 보는 독자들과 메시지로 소통하는 사람들이 늘었다. 대학교는 나에게 다른 의미로 중요했다. 원하는 분야에 깊게 파고들어 공부하고 싶었다. 다양한 경험을 통해 많은 양분을 얻고 싶었던 나에게 대학은 취업을 하기 위한 발판이 아닌 꿈을 이룰 공간이었다. 그렇기에 대학 합격은 내가 죽지 못할 큰 이유가 되었다.

친구들, 그리고 온라인상에서 안부를 묻는 독자들과의 소통도 이유가 되었다. 아무리 따스한 가족도, 사랑받고 있다는 확신을 주는 애인도, 오래된 친구도 우울증을 겪고 있는 사람들끼리 주고받는 위로와 위안과 같은 따스함을 주지는 못했다. 서로의 힘든 부분을 잘 알고 있기에, 얘기들을 줄줄 늘어놓지 않아도 '오늘은 좀 버거운 하루였어요.'라는 한 문장으로 서로가 오늘 어떤 하루를 보냈는지 알 수 있다. 응원한다는 짧은 말도 서로 크게 와닿아 사람들과 간간이 주고받는 연락은 정말 큰 힘이 되었다. 내가 털어놓을 곳이 있다는 그 사실 자체가 나에게 숨 쉴 틈을 주었다. 전에는 숨이 막혀올 때 끝맺는 것밖에는 다른 선택지가 보이지 않았는데 이젠 다른 선택지도 생겼다.

그래서 나는 '죽지 못해서' 살아가고 있다. 살아갈 이유들이 이젠 너무 많이 생겨버렸다. 애인, 오래된 친구, 반려동물, 꿈을 이루기 위해, 나에게 많은 힘을 준 주변인들에게 그럼에도 불구하고 함께 살아가자고 말하기 위해, 그들과 행복하기 위해.

덕분입니다

우울증이라고 털어놓자,
많은 도움의 손길이 다가왔다.

덕분에 무사히 학교를
졸업할 수 있었고,

든든히 두 발을
땅에 딛고 설 수 있었다.

혼자라고 생각했는데

사람들은 작은 관심과
도움을 보내주었고

덕분에 나는 다시 일어설 수 있었다.

o

우울증 진단을 받고서, 담임 선생님께 우울증임을 말씀드렸다. 그 이후로 여러 번 조퇴를 해야 했는데, 어느 날 담임 선생님이 교외 현장 학습을 권했다. 며칠만이라도 쉬었다 오는 건 어떻겠냐고. 곧이어 학교 안내문에는 우울증에 대한 정보와 권고들이 실렸고, 나는 5일 동안 편안히 쉴 수 있었다. 뿐만 아니라 담임 선생님께서 다른 교과목 선생님들께는 지적하지 말아달라고 당부하시기도 했다. 학교에서 시간을 보내는 데에 에너지를 덜 쓸 수 있었던 건 담임 선생님 덕분이었다.

교내 상담 선생님으로부터도 많은 도움을 받았다. 특히 부모님에 대한 얘기를 나눌 때면 마음이 편안해졌다. 배고픈 시절을 보낸 엄마 아빠가 채워주고 싶어 한 것과, 그들과는 다른 시대를 살고 있는 내가 원하는 것이 다를 수밖에 없었다는 것도 선생님을 통해 알게 되었다. 물질적인 부분을 채워주려 애썼던 부모님, 정서적인 부분을 채워주길 바랬던 나. 이전에는 그 차이를 알아차리지 못했다. 그리고, 가장 힘이 되었던 건 부모님만의 생각이기에 내가 지나치게 신경 쓸 필요 없는 말들은 단호하게 말씀해주신 점이었다. 내가 습관적으로 부모님을 헤아리려고 할 때면, 그건 내가 고려할 일이 아니라고 명확히 선을 그어주셨다. 몇 년 동안 미뤄왔던 가족 여행을 다녀오게 된 것도 선생님 덕분이다.

친구들을 빼놓을 수가 없다. 나를 묵묵히 기다려준 아이들이 있다. 동아리 기장이었던 친구는 내가 활동 참여가 어려워도 위로해주고 격려해주었다. 친구들은 내가 우울증인 걸 밝히고 나서도 평소처럼 대해주었다. 연락이 뜸해져도, 반응이 시원찮아도 잠자코 기다려주었다.

마지막으로는 내 만화에 도움이 됐다는 메시지 하나, 고맙다는 인사 한마디 건네준 분들 덕분에 나는 지금도 살아가고 있는지 모른다. 만일 쉬지 못하고 수업 시간을 견뎌야 했다면, 매번 선생님께 지적을 받으며 점점 움츠러들었다면, 친구들이 나를 외면했다면, 나는 버틸 수 있었을까? 이제는 도움의 손길을 뻗어준 사람들에게 보답을 할 수 있지 않을까, 조심스레 기대해본다.

우울증 환자의 반려동물

누군가 말했다.

정확히는
손가락으로 말했다.

'우울증인 사람은
반려동물 학대할텐데…'

순간 화가 났지만
바로 헛웃음이 나왔다.

최선을 다하는
다른 보호자들과
마찬가지인 데

사랑스러워.

왜 그런 생각을
하는 걸까.

○

　'정신적으로 불안한 사람들은 애 낳을 생각도, 반려동물 키울 생각도 하지 마라.'라는 댓글을 본 적이 있다. 심지어 추천 수도 많았다. 어느 정도는 공감이 되면서도 기분이 편치 않았다. 나는 정신적으로 불안하면서도 반려동물과 함께 사는 사람이니까. 물론 일상생활이 거의 불가능 사람에게는 무모한 일일 수 있지만 모든 우울증 환자들이 반려동물을 키우면 안 된다는 말에는 동의할 수 없었다.

　물론 나도 말랑이와 함께 살기까지 고민이 많았고, 겁도 많이 났다. 혹시 내가 방치하게 될까, 말을 듣지 않는다는 이유로 나도 모르게 화를 표출하게 될까 두려웠다. 그게 아니더라도 금방 다른 곳으로 보내는 무책임한 짓을 할까 봐 많이 망설였다. 치열한 고민 끝에 찾은 건 고

습도치였다. 고슴도치는 내가 책임지기에 가장 적합한 특성을 가진 동물이었다. 함께 산 첫 달엔 가장 입맛에 맞는 사료를 먹여주고 싶어서 열 가지가 넘는 사료를 서로 섞어 먹여도 보고, 갈거나 물에 불려서 주기도 했다. 스스로도 버거울 때가 많았지만, 매일 물과 사료를 갈고, 때에 맞춰 하우스 안을 청소하려 노력했다.

시간이 지나자, 말랑이는 내 몸 위를 뽈뽈뽈 지나다니고 손이나 배 위에서 푹 퍼져 편하게 쉴 정도로 나에 대한 경계를 풀었다. 자연스레 애착이 생겼다. 강아지처럼 이름을 부르면 오거나, 말귀를 알아듣는 것 같지 않은데도 애정은 커졌다. 버겁던 돌봄 과정이 즐거워졌다. 매일 일어나자마자 지난 밤 사료를 얼마나 먹었는지, 물은 얼마나 마셨는지 대소변을 보며 건강에 이상이 없는지 확인했다. 말랑이가 조금이라도 다치는 날엔 펑펑 울기도 했다. 울적한 날엔 슬그머니 안고서 신세 한탄을 하거나, 쓰다듬으면서 숨죽여 우는데 그게 신기하게도 위로가 됐다. 까슬까슬한 털과 말랑한 살을 만지작거리고 있으면 울다가도 헤실헤실 웃음이 났다. '얘가 왜 이러나.' 하고 말하는 듯 멀뚱멀뚱 나를 보는 눈이 그렇게 사랑스러울 수가 없었다. 극단적인 생각들을 하다가도 내가 죽으면 얘는 누가 챙겨주나 하는 생각에 마음을 접곤 했다.

처음엔 씻는 것도 버거운데 내가 동물을 잘 돌볼 수 있을까 걱정이 많았는데 말랑이를 챙기면서 나를 챙길 기운도 생겼다. 이상하고, 또 신기했다. 함께 살면서 해야 할 일은 훌쩍 늘었는데 더 잘 해낼 수 있게 되었다. 힘겹던 일상생활에도 조금씩 적용할 수 있게 되어갔다. 아마도 '책임감'이 생겼기 때문이 아닐까. 책임져야 할 생명이 생겨서인지 죽음보다 계속되는 삶을 생각하게 됐다. 내가 너 죽을 때까진 책임져야지. 밥도 주고, 물도 챙겨주고 건강 확인해줘야지. 하루가 버거운 날엔 그런 생각으로 버텼다. 동물 친구 덕분에 하루하루를 이겨낼 수 있었다.

배움의 묘미

방학을 했다.

그렇지만 쉴 수만은 없기에
컴퓨터 자격증 학원에 다니기 시작했다.

오랜만에 하는
새로운 공부에
마음이 간질간질해졌다.

서로 모르는 걸
물어보고 알려주면서
사람들과 가까워진다.

배우는 일은
이렇게 즐겁다.

○

더 이상 학교에 가지 않는다는 사실은 나에게 여유를 줬다. 하지만 그것도 생각보다 그리 오래가지는 못했다. 무언가 배우는 것을 오래 쉬면 대학교 생활에 좋은 영향을 줄 것 같지 않았다.

그래서 뭐라도 배워보려고 이곳저곳을 찾다가 컴퓨터 학원에 등록했다. 내가 다니는 곳엔 정부 지원으로 무상 수업을 받는 수강생들이 많았는데, 기초를 다루는 강의라서인지 10대 후반부터 50대까지, 수강생들의 연령대가 정말 다양했다. 상대적으로 평균 연령이 높다 보니 내가 들어본 그 어떤 수업보다 차분하게 진행됐지만, 서로 모르는 걸 알려주고 쉬는 시간에 수다를 떨면서 친해지는 풍경은 별반 다르지 않았다.

무언가를 배우는 건 마음이 간질거리는 일이었다. 모르는 문제를 만나면 이리저리 시도해보면서 해결하고, 서로 물으며 정답을 찾는 과정이 즐거웠다. 무언가를 배운다는 것이 삶에 얼마나 활력이 되는가를 새삼 느꼈다. 학교에 갈 때와는 다르게 학원을 오가는 발걸음은 가벼웠고 돌아오는 길에서 맡는 찬 밤공기도 좋았다. 강의 시간에 강사님이 하시는 말이 그렇게 귀에 잘 들어올 수가 없었고, 집에 돌아와 복습하는 것도 너무 재미있었다. 기분 탓인지 필기도 부드럽게 잘 됐다. 강사님이 이 부분을 설명하실 때 어떤 몸짓을 하셨는지, 무얼 강조하셨는지도 세세하게 기억이 날 정도였다.

이런 즐거움을 잃고 살았는데, 당연하게만 생각했던 것들을 다시 접하니 이렇게 감격스러울 수가 없었다. 배우는 동안 많이 버벅거리고 실수도 했지만 전처럼 나를 자책하고 싶은 생각이 들지는 않았다. 시행착오를 겪는 과정을 즐기게 되었다. 더 이상 모르는 걸 부끄러워하느라 정작 배울 기회를 놓치고 싶지 않았으니까. 생각보다 많은 변화에, 학원에 다니길 잘했다는 생각이 들었다.

금

어느 날 액정에 금이 갔다.

괜찮겠지, 하며
신경을 쓰지 않고 지냈는데

생각과 달리

한 번 간 금은
점점 반경을 넓혀갔다.

...언제 이렇게
깨졌지?

급기야는 우수수
떨어져 나갔다.

다시 작은 스트레스에도 툭하면 울고,

일상생활을 잘하지 못하는 나처럼.

o

어느 날 휴대폰을 떨궈 생긴 액정의 금이 처음에는 신경 쓰였지만 금방 눈에 띄지 않게 되었다. 하지만 이미 생긴 금은 반경을 넓혀가기 시작하더니 조각조각이 나 건들면 파편이 떨어졌다. 작게 부서져 손가락에 묻어나는 조각들을 만지작거리다가 내 모습 같다는 생각을 했다. 나는 잘 우는 편이 절대 아니었다. 울먹이는 목소리만 들려도 바라보는 사람들의 시선이 끔찍하게 느껴져서 참는 것도 있었지만, 별로 울만 한 일이 없었다. 억울하고 분하고 서러워도 화를 냈으면 냈지, 울지는 않았다. 하지만 우울과 재회하고 나서는 우울과 재회하기 전의 나의 시선에서 보면, 정말 별것도 아닌 일에 울어댔다.

화가 나도 울고, 억울해도 울고, 속상해도 울었다. 예전에 비하면 훨씬 사소하고 하찮은 일들로 말이다. 예전 같았으면 그냥 기분 나빠하고 넘길 일에 눈물을 쏟았다. 작은 일에도 신경이 날카로워졌다. 방 너머로 들리는 말소리마저 내 신경을 박박 긁었다. 좋은 게 좋은 거지 하며 넘겼던 일들에도 불평불만을 하나씩 얹게 되었다. 심지어, 내 말을 단번에 이해하지 못하고 한 번 더 물어오는 것조차 때때로 짜증이 났다. 예민하게 군다고 생각했던 언행들을 내가 하고 있었다.

지금의 나는 유리 같았다. 하나의 굵직한 금으로 인해 끝없이 갈라지고 급기야 조각나는 모습이 나와 같았다. 때로는 스티로폼같이 느껴졌다. 손톱으로 긁으면 그대로 파이는 스티로폼처럼, 무척 사소한 일에도 생채기를 입었다.

아직도 여기에

아팠던 지난 일들에 대해 얘기할 때면

아빠는 그렇게 말했다.

대꾸할 힘이 없었다.

지긋지긋하단 투로
뱉는 아빠의 말에

과거에 상처받은
내 모습이 불쑥 나타난다.

그저 그때의 나에게
변명 없는 사과를 해준다면
상처도 차차 옅어질 텐데,

과거의 내가 여기,
언제까지고 있을 것처럼
그렇게 서 있다.

건망증

하루에도 여러 번 휴대폰을 잃어버리고

말하고자 하는 단어를 기억해내지 못한다.

어제 먹었던 음식조차
가물가물하고

어떤 일이 있었는지
큰 덩어리로는 기억해도

구체적인 내용은
꼭 누군가
지워놓은 것 같다.

잦아진 실수 탓에

확인에 확인을 거듭하지만,
늘 불안한 마음이다.

○

누가 내 기억을 폭 파내기라도 한 것처럼, 집 안 어디
에 핸드폰을 두었는지 기억나지 않았다. 드물게 한두 번
이라면, 이렇게까지 두려움을 느껴진 않았을 거다. 하루
에 다섯 번, 많으면 그 이상을 늘 잃어버렸다. 손에 들고
있다가 다른 걸 손에 쥐어야 하거나 다른 일을 할 때 내
려놓는 걸 텐데 이리저리 찾아도 눈에 안 들어와서 발을
동동 굴렀다. 내가 핸드폰을 내려놓으려 했던 이유까진
기억이 나는데 그 뒤로는 백지였다.

대화를 하다가도 간단한 단어를 떠올리지 못해 말을
하다 멈추는 경우도 잦아졌다. 저녁이 되었을 때, 오늘 하
루 동안 뭘 먹었는지 떠올리는 데에도 생각보다 많은 시
간이 걸렸고, 어제 먹은 건 당연히 기억하지 못했다. 평소
에도 자주 깜빡한다곤 생각했지만, 이 정도까지는 아니

었다. 내가 분명 지나오고 경험한 시간에 대한 기억이 없다는 건 더욱 두려웠다. 더 잦게, 더 큼직하게 사라지는 기억들에 조기 치매인가 하는 의심도 들었다. 우울증으로 인한 부작용에 기억력이 나빠진다는 것이 있다는 건 알았지만 이 정도인 줄은 몰랐다.

우울증에서 빠져나온 사람들이, 우울증을 앓았던 시간의 기억이 마치 들어낸 것처럼 없다고 하는 말이 와닿았다. 나도 지나온 시간에 대한 기억을 점점 더 잃을까 겁이 났다. 더욱 심해질까 두려웠다. 중요한 일정들을 까먹고, 해야 할 일들을 잊어먹는 나를 한심하게 바라보게 되었다. 내 의지가 아니라는 것도, 나를 자책할 일이 아니라는 것도 스스로 제일 잘 알면서도 그런 나를 다독이는 게 영 어려웠다.

핸드폰을 집에서 잃어버렸다면, 아무리 시간이 걸려도 시간을 두고 찾아내면 그만이었다. 정 못 찾겠으면 컴퓨터를 통해 급한 연락은 해결하면 됐지만. 나 혼자 아쉽고, 불편하고 끝날 게 아닌 일들은 정말 난감했다. 정신

똑바로 차리자 다짐하고 메모를 해도 며칠이 지나면 메모를 하는 것조차 까먹곤 했다. 실수가 너무나도 잦아진 나를 스스로 믿지 못해 확인하고 또 확인했다. 실수가 없을 때에도 작은 안도감조차 느끼질 못 했다. 그러다 실수가 발견되면 또 나를 나무랐다. 실수하고 자책하는 일이 쳇바퀴처럼 반복되어서, 그로 인해 또 스트레스가 쌓여 알게 모르게 기억력에 영향을 미쳤다.

더 심해지기 전에, 건망증을 완화시키기 위해 내가 할수 있는 노력들을 해보자고 마음먹었다. 꾸준한 독서, 활동적인 취미 생활, 관심 분야에 대한 꾸준한 공부, 심리적 안정감을 얻을 수 있는 관계 형성. 자연스레 되는 것들도 있었고 실천하기에 부담스러운 것들도 있었다. 그래도 야금야금 실천할수록 나아지는 내 모습을 보면서 공포와 자책 속에 자그마한 희망을 품고 노력해가고 있다. 물론 핸드폰은 아직도 잃어버리지만, 차차 괜찮아질 거니까.

폭식

우울증이 재발하고

10kg이나 불어난 몸무게에,

혹시 관련이 있나 검색을 해본 날

폭식증의 증상들을 알게 되었다.

"먹으면서 맛있음을 못 느끼는데
계속해서 먹어요."

"살 찐 모습에 스트레스 받거나,
스스로 위축되는데 더 먹어요."

"살이 찔까 두려워서 굶거나
구토하기를 반복해요."

불안감, 스트레가 생기면 먹어요.

요요 현상이 자주와요.

과식을 하고 죄책감에 시달려요.

몰래 혼자서 과식을 해요.

배불러도 음식물을 꾸역꾸역
집어넣은 적이 있어요.

그제야 불어난
체중의 원인을 알았다.

만일

만일 내가 정신과를 좀 더 빨리 갔다면,

옥상에 올랐던 날 끝까지 갔다면,

아빠에게
처음 머리채를 잡힌 날
집을 나왔다면 어땠을까?

그러나 미련하고
어리석게 보이는
그때의 나를

더 이상
후회하고 싶지 않다는
생각이 들었다.

그때의 내가 있기에
지금의 내가 있는 거니까.

감정 해소의 비결

참고 억누르는 일이
일상이 되어

곧 터질 것처럼
가득 쌓인 날이면

밖으로 향할 때가 있다.

상점가를 거닐며
직원과 가벼운
대화를 나누고,

노래방에서
악을 지르다 보면
삼켜온 것들이
마치 도망가기라도 한 듯

집으로 돌아가는
발걸음이 보다
가벼워진다.

о

화, 슬픔, 억울함, 원망은 늘 안으로 향하기 마련이다. 꾹꾹 눌러 담는 그런 날이 하루, 이틀, 보름이 지나 터질 듯 차는 날이 오면 나는 집밖으로 향한다. 동행자가 있으면 신경 쓰일 테니 혼자 나선다. 작은 동네 정도론 부족하다. 더 사람이 많고, 복잡한 번화가로 향한다. 평소엔 잘 가지 않는 곳이지만 안에 쌓인 감정이 가득 찬 날엔 저절로 발걸음이 옮겨진다. 그러면 건널목을 지나는 수많은 사람 사이를 지나, 어느새 번화가 한복판에 서 있다.

볼거리가 많은 가게로 들어선다. 액세서리, 문구, 생활용품, 먹거리…. 눈동자를 가만두지 못하게 만드는 곳들을 골라 진열대의 상품들을 훑어본다. 별로인 제품을 보면 속으로 꿍얼대기도 하고 마음에 드는 게 있으면 직원에게 물어보고 사기도 하면서. 되도록 식당에선 직원의 추천을 받으려고 한다. 다른 손님들이 그 메뉴를 좋아하는 이유, 혹은 사장님이나 주방장이 자부심을 가지는 메뉴를 아는 재미가 제법 쏠쏠하다. 때론 새로운 메뉴에 도전하고 낭패를 보거나, 성공하기도 한다. 배가 차면 소화를 시키러 노래방으로 향한다. 넓은 노래방이 부담스러울 땐 코인 노래방이나 동네의 작은 노래방을 간다. 나혼자뿐인 노래방 한 칸에서 악을 지르기도, 내 심정을 대변해주는 가사의 노래를 부르다가 울기도 하면서 속을 토해낸다.

그럼 내 안에 가득 쌓였던 것들이 꽤 비어 있는 걸 발견하게 된다. 가만히 있다가는 부정적인 감정에 잠식당할까 봐 가끔은 밖으로 발산하는 시간을 갖는다. 낯선 사람, 혹은 그저 손님과 직원 간의 가벼운 대화. 새로 도전하는 메뉴. 홀로 마음껏 내지르며 즐기는 노래방에서의 시간은 안으로만 향하던 것들의 방향을 돌린다. 복작복작한 사람들 사이를 서성이다 보면 우울증을 앓지 않는 사람들과의 거리감이 좁아진다. 평소에는 우울증을 앓고 있지 않은 가까운 지인들과 얘기를 하다 보면 나도 모르게 의식하게 된다. 나는 우울증을 앓고 있고, 상대방은 아니라는 그 사실을 둘 다 알고 있음을. 내가 우울증인 걸 상대방이 알고 있다는 건 위안과 위로를 주기도 하지만 때로는 괜한 걱정거리를 안겨준 것 같은 기분을 들어 마음이 마냥 편치만은 않다. 그래서 일회성, 혹은 잠깐의 가벼운 만남을 갖는 사람들에게는 더 편안하게 대할 수 있다. 우울증을 밝힘으로써 느끼는 미안함과 밝히지 않아서 겪게 되는 불쾌한 언행들을 염려하지 않아도 되는, 짧은 시간 동안의 단순하고 직접적인 목적을 위한 짧은 대화. 이 대화는 상대와 나의 그간의 사이에 대해 곱씹어볼 필요 없이, 기본적인 예의만 차리면 되기에 감정 소모가 없다. 이렇게 나를 위한 시간을 보내다 보면 그동안 나 자신에게 너무 가혹했나 싶은 자각이 든다. 그래서 나는 온전히 나만을 위해, 누군가에겐 평범하지만 나에게는 결코 평범하지 않은 번화가를 걷는다.

정신질환자를 아세요?

"아 진짜
정신병자 XX!"

많이 듣는 말이다.

장애인,
정신병자,
병X.

잘못된 사용이다.

익숙해졌다고
괜찮은 건 아니다.

○

OO증후군. 정신병자. 병신. 정신병. OO장애.

개그 프로그램에서, 유튜브에서, 익숙한 일상 속에서 많이 등장하는 말이다. 많은 사람들이 누군가에겐 고통인 증후군을 가볍게 작품 소재로 사용한다. 우리 주변에는 생각보다 정신질환자가 많은데도 장난, 비하, 혐오를 내포한 의미로 사용한다. '병신'은 정말로 익숙하게 욕으로 쓰여 본래의 의미를 잃은 지 오래고 결정 장애, 선택 장애 등 장애나 질환이라는 단어를 가볍게 사용하는 경우가 허다하다.

이상한 행동을 하거나 무례한 사람, 혹은 범죄자들을 정신병자, 병신이라고 칭하거나. '정신병 있나 봐.'라고 말할 때마다 무척 불쾌하다. 그리고 한편으로는 두려움을 느낀다. 내가 그런 사람들과 같은 부류로 취급되는 것 같아서. 사람들은 정신질환과 아무 상관없는 사고나 사건에도 정신질환을 강조하며 두려워하고 혐오한다. 그러면서 동시에 희화화시키며 개그 소재, 웃음거리로 만들어버린다.

사람들은 정신질환에 대해 잘 모른다. 알고 싶어 하지도 않고, 관심도 없다. 정신질환자들은 자신들에 대한 사회적 시선을 누구보다도 잘 안다. 우습고 하찮다는 듯이 내려보다가도 아주 위험한 사람 취급하며 두려워한다는 걸. 그렇기에 정신질환자들은 비정신질환자들보다 더 행동에 주의를 기울인다. 자신의 잘못된 행동이 정신질환자에 대한 인식을 안 좋게 만들까 봐. 지금까지 그랬듯이 손쉽게 일반화될까 봐 말이다. 물론 아닌 사람들도 있다. 범죄를 저지르고, 자신의 언행을 돌아보지 않는, 무례한 사람들. 하지만 비정신질환자들 중에서도 무례하고, 범죄를 저지르고, 불쾌한 사람들이 있다. 그런데도 사람들은 마치 정신질환자들만 그런다는 듯 손가락질한다. "정신병자들은 다 저래. 위험해." 하면서 말이다.

이는 비단 정신질환자에게만 해당되는 얘기는 아니다. 신체적 장애를 가진 장애인들에게도 마찬가지다. 그들은 골칫거리 취급을 받다가도 '장애인들은 다 착하다'는 이상한 일반화를 당하기도 한다. 어느 날 나도 '우울증에 걸린 사람들은 다 착한 사람들이래요. 남들을 신경 쓰거나, 너무 자기 검열을 해서 우울증이 생긴 거래요.'라고 말하는 걸 들은 적이 있다. 어떤 의도로 말했던 걸까. 우울증에 걸린 사람들을 위로하려고 그랬을까. 그러나 그 말이 나를 위한 말이라고 느껴지지 않았다. 화자가 우울증 환자가 아니라는 걸 확신했을 뿐.

그런 말들은 장애인도, 정신질환자도 동등한 사람으로서 받아들여지지 않는 현실을 보여준다. 장애와 정신질환을 선과 악으로 구분할 수 없다. 비장애인, 비정신질환자도 누군가에겐 나쁜 사람일 수 있고, 착한 사람일 수 있고, 이기적이기도 하고 배타적이기도 한 사람도 있다. 범죄를 저지르는 사람도, 사회적 편견에 기여를 할까봐 더 움츠리며 사는 사람도 있다. 장애인, 우울증 환자는 착하다는 말은 자신과는 다른 부류의 사람이라고 선을 긋는 것처럼 느껴졌다.

여전히 길거리에서나 방송에서나 장애와 정신질환을 희화화하는 걸 쉽게 접할 수 있다. 나는 바란다. 세상이, 사람들이 조금은 바뀌기를. 정신질환과 장애가 희화화되어 개그 소재로 쓰이면 논란이 일어나는 날이 오기를.

피해자답다는 것

어떤 사건이 조명받을 때,

'피해자답지 않은' 피해자는 수많은 수군거림을 듣는다.

나도 언젠가
피해자였으나,

기분 좀 더럽고 말았다.

자책하지도,
괴로워하지도 않았다.

이런 나에게
'피해자다운' 모습을
바라는 사람들은
비아냥댈지도 모르겠다.

사람은 입력하면
똑같이 찍어내는
기계도 아닌데

대체 어디에
기준이 있단 말인가.

o

　가해자와 피해자가 있는 사건이 주목받을 때 간혹 그
런 경우가 있다. 피해자가 왜 피해자답지 않냐고. 사실 거
짓말인 거 아니냐는 수군거림이 거셀 때 수천 개의 댓글
뒤에 있는 사람들은 자신이 생각하는 피해자의 필요조건
이라도 있는 듯, 어떤 틀에서 벗어나면 피해자라고 인정
하지 않으려 한다. 가해자를 무서워하거나, 피해 사실만
떠올려도 두려워해 일상생활에 지장에 있어야 피해자라
고 인정하는 걸까 싶다.

　내가 중학생이던 어느 날이 떠올랐다. 지역의 기념관
에 봉사를 가기 위해 사람이 빽빽한 버스에 올라탄 날이
었다. 만원버스란 말을 이럴 때 쓰는구나 싶을 정도로 버
스 안은 콩나물시루였다. 먼저 도착한 친구에게 전화가
와, 사람들 사이에 껴 있는 채로 힘겹게 휴대폰을 꺼내들

었다. 소곤소곤 친구와 통화를 하는데, 그때 허벅지에서 이상한 느낌이 들었다. 정확히는 허벅지 사이로 뭔가 느껴졌다. 뒷사람의 가방인가 싶었지만 그렇기엔 꿈틀거림이 느껴졌고, 실수로 닿았다기엔 통화 내내 이어졌다. 게다가 실수로 닿은 무언가가 주요 부위까지 닿을 리가 없지 않은가. 성추행인가, 내가 착각을 하는 건가 수십 번을 생각했으나 내려야 하는 정류장에 도착해 내 뒤에 있던 사람이 누구인지 확인할 틈도 없이 서둘러 내렸다. 내리고 나서 뒤를 돌아봤지만 그땐 이미 누군지 알긴 어려웠다.

기념관에 도착해 친구와 만나고 대화를 하면서도 문득 버스에서의 일이 떠올랐지만 그냥 넘겼다. 버스 번호는커녕 얼굴도 모르는 사람을 잡을 수 있을 리 없었으니까. 마음이 불편했지만, 헛구역질을 하거나 불쾌감에 치를 떨지는 않았다. '그때 소리를 지를걸.' '손목을 잡을걸 그랬나.' 하고 후회하거나 '내가 너무 안일하게 넘어갔나?' '내 옷차림이 문제였나?' 하고 자책하지도 않았다. 불쾌한 기분이 불쑥불쑥 찾아왔지만 봉사를 하다 보니 금방 잊혀졌다. 그렇게 나는 그 일을 완전히 잊은 줄 알았다.

어느 날 친구들과 성추행 경험에 대해 이야기할 때, 그 일이 번뜩 떠올랐다. 그리고 이내 기분이 좋지 않아졌다. 손목이라도 비틀었으면 좋았을 텐데, 주먹이라도 한 방 날렸다면 후련했을 텐데. 아쉽다는 생각이 들었지만 기분이 나빠진 건 그 때문은 아니었다. 많은 친구들이 성추행을 당한 경험이 있다는 게 속상했다. 그렇게 서로가 늘어놓은 경험은 쓴웃음을 짓거나 성질을 내는 것으로 끝을 맺었다. '피해자다움'을 원하는 어떤 사람에게는 내가 피해자라고 인정받지 못할 터였다. '성추행을 당했는데 그냥 쓴웃음 한 번 짓고 넘길 수 있다고?' 하면서 비아냥댈지도 모른다. 하지만 그렇다고 해도 내가 성추행 피해자라는 사실은 변하지 않는다.

사실 웃기는 소리다. 사람마다 같은 피해를 입어도 느끼는 건 모두 다르다. 성추행 피해자들 중 누군가는 떠올리기만 해도 속이 불편하다고 하고, 누군가는 그놈 만나면 머리나 좀 쥐어뜯고 싶다는 식으로 얘기하며 웃어넘긴다. 우울증 환자의 경우도 누군가는 "나는 우울증 환자가 아니다."라고 말하고, 누군가는 "나는 우울증 환자다.

그게 뭐 대수냐." 하는 식으로 말한다. "너는 성추행 피해
자 또는 우울증 환자답지 않으니까 넌 아니야."라는 말
만큼 어이없고 무례한 말도 없다. '답지 않은' 것의 기준
은 어디에 있을까.

횡단보도에 서 있거나

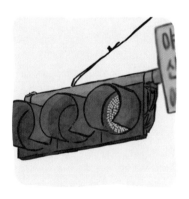

도로 위에 놓인 신호등이 나에게도 있었으면 했다.

평상시엔 초록,
위태로울 땐 노랑

무너지기 직전같이
느껴질 땐 빨간 등이
깜빡이길 바랐다.

그래서 주변인들의
얘기와

짤막한
일기들로부터

나만의 신호등을
만들어냈다.

손톱을 심하게
물어뜯을 땐 노랑,

운세에 휘둘리거나,
의존하기 시작하면 빨강.

이제는 신호를 위반할 이유가 없었다.

힘내란 말이 달갑게 들리지 않아서

나도 모르게 선을 그었다.

종종 위로의 말이 언짢게 들릴 때가 있었고

서투른 위로에
불편할 때도
적지 않았다.

하지만
시간이 지날수록

서투르더라도
고심한 흔적이 보이는
위로들에,

위로로 위장한 강요와 억압과는 다른 진심을

받아들일 수 있게 됐다.

○

　'힘내.'라는 말이 그렇게 허무맹랑하게 들릴 수가 없었다. 나도 다른 사람들에게 힘내라는 말을 많이 해왔던 것 같은데, 누군가 건네준 말도 많이 듣고 그 말에 뭉클함을 느끼기도 했던 것 같은데 지금은 아니었다. 주먹까지 쥐어 보이며 따스하게 전해준 그 말이 나에게 닿지 못하고 흩어졌다. 잘 될 거다, 잘 헤쳐나갈 수 있을 거다, 라는 말들이 허울뿐인 것처럼 느껴졌다. 정말 네가 지금 내 상태를 경험해본다면 잘 될 거라고 얘기할 수 있을까? 이런 의문이 들었다. 걱정 없이 잘만 살고 있는 것 같은 사람들이 전하는 위로와 응원은 나에게 닿지 못했다. 때로는 이렇게 생각하는 내가 삐딱하게 받아들이는 걸까 싶다가도, 비슷한 경험도 없는 사람들이 뭘 알겠나 싶은 생각이 들었다. 그렇다고, 적절한 위로의 말이 무엇인지는 몰랐다. "그럼 어떤 말로 응원하고 위로를 해줘야 하냐."고 묻는 말에 무슨 답을 해줘야 할지 막막했다. 그래서 힘내란 말을 들으면 희미하게 웃으면서 고맙다 말하고 말았다.

그래서 언젠가부터는 사람들에게 우울증과 관련된 내 이야기를 일절 거두게 되었다. 얘기를 해도 공감하지 못할 테고, 털어놔 봤자 마땅한 위로의 말을 찾지 못해 난감해할 테니까. 그러다 보니 우울증을 경험해보지 않은 이들과 점점 거리감이 느껴졌다. 거리감을 느껴가며 지금의 나를 위로할 수 있는 사람은 같은 우울증인들, 비슷한 정신질환자들뿐이라고 생각했다. 그런데, 그런 고집스런 마음에 서서히 금이 갔다. 울면서 우울증이라는 사실을 털어놓았을 때 두 손을 꼭 잡고 "네가 우울증 때문에 말이 엇나가더라도, 나중에 후회하게 될 행동을 하더라도, 나중에 미안하다고 얘기하면 되니까 피해 끼치는 거라고 생각하지 마."라고 얘기해주던 친구. 언제든지 힘들 때 찾아오라 얘기하시던 교내 복지사 선생님. 힘내라는 말을 하기 조심스러워 어떤 응원의 말을 전해야 할지 모르겠다던 담임 선생님. 쌓였던 걸 털어놓으면 맞장구치다 말없이 다독여주던 애인 덕분이었다.

비슷한 정신질환자들끼리만 의미 있게 주고받을 수 있는 위로의 말들이 있지만 우울증을 겪어보지 않았다고 해서 그들에게 받는 위로와 응원이 부족한 건 아니었다. 그저 어떤 위로를 해줘야 너에게 상처가 되지 않고, 효과가 있을지 모르겠다는 말 자체로도 위로가 되었다. 우울증임을 알기 전처럼, 평소와 다름없이 대하는 모습에 위로를 얻는 날도 있었다. 힘내라는 말 대신 내게 해준 응원한다는 말이 뭉클하게 느껴지기도 했다. 걱정된다며 해주는 연락에 답하기 버거울 때도 있었지만, 그 연락에 담긴 애정이 느껴져 늦어지는 답변에 미안하면서도 고마운 마음이 들었다. 그들은 나중에 기억하지 못할지도 모르는 한두 마디지만, 나에겐 선명히 남았다. 그래서 이제는 그들이 전하려는 진심만큼은 잘 받아내려 애쓴다. 우울증에서 벗어나는 날, 행여 벗어나지 못하더라도 보다 즐겁게 지내는 날이 오면 감사 인사를 전할 사람이 너무 많다. 언젠간 다가올 그런 날을 생각하면 삭막한 하루가 조금은 달달해진다.

최고의 복수

누군가는
허울 좋게 말했고

누군가는
몰아세우듯 말했다.

그들이 말하는 행복이
내겐 와닿지 않았다.

남들이
나의 일부만보고
하는 말과

보기 좋은 가족의 모습을
깨뜨려선 안 된다는 말에
지칠 때쯤

생각지 못한
질문을 들었다.

그 말에 눈물이
왈칵 쏟아졌다.

설명하기 복잡한
감정들을 느낄 때,
의사 선생님은
그렇게 말씀해주셨다.

그게 어쩌면 내가 꿈꾸던
행복과 복수였는지 모른다.

o

의사 선생님 얼굴에 늘 있던 미소가 자취를 감췄다. "아빠가 잘못했을 때마다 체벌을 과하게 하신다."고 얘기했을 때와는 다른 반응이었다. 그때는 그저 조금 때리시는 정도라고 생각하셨는지 모르겠다. 그때 선생님의 반응에 쓸쓸함을 느끼고 집으로 돌아온 날 생각을 해봤다. 내가 맞아온 것들이 과연 체벌일까? 사전적 의미의 체벌은 교육을 목적으로 학교나 가정에서 학생이나 피보호자에게 가하는, 육체적 고통을 수반한 징계라고 했다. 그간의 일들을 돌아보았다. 학원에서 수업 전 엎드려 있는 나에게 일어나 있으라는 말을 듣지 않는다고 머리채를 잡혀 끌려갔던 게, 지속적으로 손을 번쩍 들어 위협을 가하는 게 체벌이라고 할 수 있을까. 감정이 실리는 순간 체벌이 아닌 폭력이 되어버리는데, 교육이라는 목적을 잃은 체벌은 체벌이 아니었다. 내가 당한 건 명백한 학대였다.

그렇게 다다른 생각을 선생님께 말씀드리고 싶었는
데, 어느 날 기회가 생긴 것이다. 선생님은 나에게 아빠
에 대한 감정을 물었다. 나를 어릴 때 계속 때려서 악감정
이 있다고 대답을 했던 것 같다. 그때 선생님의 표정이 굳
었다. 그리고 꼬리 질문을 이었다. 술을 마셨을 때만 그러
셨냐고. 나는 늘 맨정신이셨다고, 술 마시고 때린 적은 한
번도 없다고 답했다. 여러 번 같은 질문을 하셨다. 처음에
는 질문의 의도를 파악하지 못하다가 '아, 보통의 경우는
거의 음주 상태에서 이루어지나?' 하고 알아차렸다. 점점
어두워지는 선생님의 얼굴을 보면서 의식이 정상적일 때
가한 폭력이 음주 상태에서의 폭력보다 더 심각하다는
사실을 어렴풋이 알 수 있었다.

　　잠시 말이 없으시던 선생님은 내게 부모와 연을 끊을
생각이 있냐고 물으셨다. 예상하지 못한 질문이었다. 이
전에 다른 곳에서 상담을 받을 때, 부모님과 연을 끊을 생
각이 있다는 말에 "그럴 정도의 부모님은 아닌 것 같은
데." 하는 답을 들은 기억이 떠올랐다. 나도 모르게 눈가
가 시큰해졌다. SNS에도 가족을 옹호하는 듯한 댓글이

달린 걸 보고는 그 이후로 가족과 연을 끊고 싶다는 말을 꺼내지 말아야겠다고 생각했었다. 그런데 선생님의 질문에 오묘한 기분이 들었다.

숨을 고른 후에 생각은 있다고 답했다. 다행히도 생각을 더 해보라던가, 그래도 가족이라는 얘기는 돌아오지 않았다. 한동안 말이 없으시던 선생님은 여러 이야기를 해주셨는데 감정이 격해져 있는데다, 기억력이 정말 나빠졌을 때라 아쉽게도 잘 기억이 나지 않는다. 하지만 감사하다며 진료실 문을 열고 나가려는 나에게 내가 아빠에게 할 수 있는 최고의 복수는 내가 가정을 꾸리든, 혼자 살아가든 행복하게 잘 사는 거라고 해주시던 말과 그때의 표정과 어투, 그 말을 듣던 내 감정만큼은 또렷이 기억에 남았다.

적지 않은 시간인 20년 동안 함께했고, 앞으로도 경제적 여건이 될 때까지 싫든 좋든 부대끼며 살아야 하고, 독립을 한 이후에도 정신적으로 독립하기까진 생각보다 더 오랜 시간이 걸릴지도 모르지만 언젠가는 부모에게서 온전히 벗어나 행복하게 살아가려 한다. 수년 동안의 아픈 기억이 더 이상 고통스럽지 않은, 그저 조금 쓰라린 옛 기억으로 남게.

즐거운 와중에도

그의 옆에 있는 내가

떨어져야 할 존재처럼 느껴졌다.

이 손을 놓아야 할까,
말아야 할까 수없이 고민하다

문득 적지 않은 시간이
지났다는 걸 알았다.

그제야 우리의 연애가
남들과는
조금 다른 모습이더라도

남들보다 더 서로
신경 써야하는 점이
있더라도

내가 그와 하는 이 연애가
다른 사람들이 하는
연애와 다를 바 없다고
받아들일 수 있었다.

이젠 너와 행복할 때

이별을 생각하지 않는다.

○

우울증인 사람과는 사귀는 게 아니다, 빨리 도망가라
는 댓글들을 인터넷을 통해 많이 접했다. 읽던 책에서 비
슷한 얘기를 할 땐, 마음을 연신 가다듬고 읽은 적도 있었
다. 적지 않은 사람들이 우울증이 있는 사람과의 연애를
피하라고 하지만, 그만큼 또 적지 않은 사람들이 우울증
을 앓고 있는 사람들을 사랑했다. 내 애인도 그런 사람들
중 하나다. 그래서 나는 자주 고민에 빠지곤 했다. 우울증
이 아닌 사람과 연애를 하는 게 상대방에게 괜찮을까? 내
가 악영향을 끼치는 건 아닐까? '부정적인 말만 하는 사
람 옆에 있으면 부정적인 생각을 옮는다.'라는 말에 어느
정도 공감을 하기에 더더욱 이 연애를 유지하는 게 맞을
까 하는 우려가 커졌다.

애인 앞에서 펑펑 울다가도 연신 미안하다고 말했다.

나는 그에게 괜찮느냐고 여러 번을 물었다. 돌아오는 대답은 늘 부담되지 않는다, 기대는 게 크게 느껴지지 않는다, 괜찮다는 말이었다. 힘들지 않다는 대답을 여러 번 들었지만 마음이 편치 않았다. 어느 날은 같이 가게에 들어가 진열된 상품들을 구경하다 잠시 멍을 때렸는데, 갑자기 애인이 나를 사람이 없는 코너 쪽으로 데려가려 했다. 왜 그러냐고 묻자, 내가 우는 줄 알았다고 말했다. 언젠가 내가 그의 앞에서 갑자기 울음을 터뜨렸던 기억들이 스쳐지나갔다. 또 언젠가는 눈물이 차오르는 걸 참다가 헤어지기 전에 터져 나와 울면서 하소연했던 적이 있다. 미안했다. 그때 당황스럽지 않았냐는 물음에 나를 보면 종종 울 것 같다고 느껴지는 날들이 있다고, 대부분 그 느낌이 맞아서 당황스러운 적은 없었다고, 괜찮다고 대답했다. 그 넓은 마음 씀씀이가 고마웠고, 속상했다. 함께하는 시간들은 즐거웠지만, 그럴수록 고민은 깊어져 갔다.

그러던 중 교내 상담 선생님에게 이런 고민을 털어놓게 되었는데, 선생님에게서 의외의 말을 들었다. "우울증인 사람의 면모나 성격이 자신과 잘 맞아서 사귀는 경우도 있어." 이어서 우울증인 걸 교제 전에 알지 못했는데도 계속해서 우울증인 사람과만 연애하는 사람도 있다는 얘기를 해주셨다. 전혀 생각해보지 못했던 부분이라 선생님의 답변을 듣고서 순간 멍해졌다. "저는 나았던 우울증이 연애 이후 다시 재발한 거라…" 하고 말을 이었는데 선생님이 이렇게 말씀하셨다. "우울증을 걸리기 전의 모습과 후의 모습 모두 자기랑 맞으니까 사귀고 있는 거야." 애인을 걱정하는 나를 위해 해주시는 얘기일 수도 있었지만, 평소 듣기에만 좋은 말을 해주시는 분이 아니라는 걸 알았기에 묘한 기분이 들었다. 연애하는 것이 욕심처럼, 죄처럼 느껴졌는데 선생님의 말을 듣고 나니 마음이 한결 편해졌다.

하지만 보통의 연애보다 더 신경을 써야 하는 연애라는 사실은 잊지 않았다. 힘들고 울음이 나와 토로하고 싶어도 여러 번 미루다가 한두 번 얘기를 꺼냈다. 울컥울컥하는 날엔 상대의 언행 중 불편하게 느껴지는 부분이 있어도 일단은 넘어갔다. 나도 모르게 과하게 감정을 표현할까 봐, 감정이 조금 누그러졌을 때 얘기를 꺼내려 노력했다. 버겁거나 부담될 때는 미안해하거나 무리하지 말고 바로바로 말해달라고 부탁했다. 애인은 그런 내 부탁을 참 잘 들어줬다. 머리로는 이해하면서도 속상했지만, 두어 번 미안하다는 답이 돌아오면 더 조르고 싶은 마음을 꾹꾹 눌렀다. 좋은 끝을 맞이하지 못할거란 게 너무 눈에 훤해서 차마 그럴 수 없었다. 내 감정을 절제할 수 있게 되자 죄책감도 자연스레 누그러들었다. 과한 죄책감은 오히려 관계에 독일 거라고 스스로를 다독이기도 했다. 그렇게 내 나름의 노력과 절제를 해가며 두 해를 넘기니 상대가 어느 정도까지 수용할 수 있는지 잘 알게 돼서 전처럼 늘상 미안하단 말을 달지 않을 수 있게 되었다.

그저 누군가를 좋아하고, 그 사람을 위해 신경 쓸 여유가 되니까 연애를 지속하고 있는 게 아닐까. 끝없이 상대에게 기대다가 힘들어하는 걸 알고도 내 우울증이 더 깊어질까 봐 헤어지지 못하는 그런 연애가 아니라, 상대가 괜찮다고 말하고 자기 스스로 상대가 버겁지 않을 정도로 절제가 가능하다면 우울증 환자라고 연애를 못할 이유는 없겠다 싶은 생각이 들었다.

고생했어

나는 타인에겐
관대하면서

나에게만
유독 엄하게 굴었다.

늘 지금의 나보다
잘 해낼 수 있다는
기대치를 쌓아가다가

너무 높아져 버린 기대에
어쩔 줄 모르고

애꿎은 스스로를 계속
채찍질하고 있었다.

그때와 지금의
내 상황이 다르다는 걸
겨우 받아들이고

높았던 기대를 내려놓고 나서야

그동안
버티느라 고생했어.

나에게 고생했다고 말할 수 있었다.

○

아이러니했다. 나에게 고민 상담을 부탁하거나 이야기를 털어놓는 분들, 힘들어하는 친구들에겐 살뜰히 대해주었지만 스스로에게는 그렇지 못했다. 아무것도 못 해내고 있는 자신을 자책하면서도 다른 사람들에겐 "포기하지 않고 지금까지 버텨오신 것만으로도 대단하다고 생각해요. 고생하셨어요." "무기력증 때문이니까 너무 자책하진 않으셨으면 좋겠어요." 하고 위로의 말을 건넸다. 다른 사람들에게 겉뿐인 말만 했던 건 아니었다. 자책하는 상대방의 모습에 내 모습이 겹쳐 보이기도 했고, 정말로 잘 해내고 있는데 너무 부정적으로 생각하는 것 같아서 속상한 마음에 하게 된 말이었다.

어째서 타인에겐 관대하고 나에게는 엄격할까. 자존감이 낮아져서 그렇기도 하겠지만, 이리저리 고민해보다 나에 대한 기대가 컸기 때문이라는 생각이 들었다. 어릴 적 사람에 대한 불신이 생기는 일을 겪었다. 가족이라는 이유로 부모님과 동생 외에는 타인을 잘 믿지 못했다. 마땅히 기대할 만한 대상이 없어서였는지, 나는 나 자신에게 기대하는 부분이 커졌다. 누구보다 공부를 잘하겠지, 한 분야에서 큰 성공을 거두겠지 하는 거창한 기대는 아니었지만 늘 현재 내 모습보다 조금이라도 더 발전하고 나은 모습이 되어야 한다는 기대가 있었다. 어쩌면 압박감이 있었다. 그런데 우울증이 찾아오고, 간단한 일도 어려워하다 보니 기대와는 한참 동떨어져 있었고, 앞으로 나아가기는커녕 바쁘게 뒷걸음치고 있는 듯했다. 현재의 내가 감당할 수 있을 만큼 기대치를 낮추는 게 내게 좋을 걸 알면서도, 한 번 오른 기대치를 낮추는 건 쉽지 않았다.

사람마다 자책하는 이유는 다양할 수 있겠지만 내 나름의 이유를 찾고 나니 의식적으로나마 나 자신에 대한 기대치와 자책하는 횟수를 어느 정도 줄여갈 수 있었다. 그러고 나니 그제야 내가 아닌 다른 사람에게만 할 수 있던 위로의 말을, 고생했다는 말을 나에게도 할 수 있었다. 아직 많이 서툴고 어색하긴 하지만 나를 칭찬하기도 하면서 돌아보니 나에게 너무 못 할 짓을 했다는 걸 뒤늦게 느꼈다. 남에게는 상처가 될 걸 알기에 입에 담지도 않을 말을 나에겐 너무 스스럼없이 해왔으니 말이다.

꼭 우울증을 겪고 있는 게 아니더라도, 자신을 칭찬하는 것보다 비하하고 자책하는 게 익숙한 사람들도 그 악순환을 반복하는 이유가 무엇인지 고민해보면서 선순환을 만들었으면 좋겠다. 칭찬보다 자책이 익숙한 사람들은 자신을 너그럽게 보아주었으면. 당신은 충분히 대단한 사람이니까.

그럴 만한 일

우울할 만한 일이라고 생각하면,

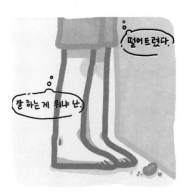

순식간에 우울해졌다.

반대로 기쁘거나
즐거운 일이라고
생각하면,

스스로 물었다.

그러다
의구심이 들었다.

그래서 기분 좋게
불어오는 산들바람에

나도 모르게 또,
툭 던진 질문에

스스로 답했다.

○

우울에 닿기까지는 금방이었다. 편안하고 안락할 때도 이 상황이 곧 지나갈 거라는 생각에 우울감에 빠지곤 했다. 작고 사소한 실수들도 우울할 이유가 되기에 충분했다. 요리를 하다 재료 손질을 다른 방식으로 하거나 양 조절을 잘못하는 가벼운 일에도 울적해졌다. 그렇게 못나고, 무능력해 보일 수가 없었다. 유난히 그런 감정에 깊게 잠긴 날에는 나 자신이 쓸모없는 사람이라는 생각마저 들었다.

반대로 긍정적인 감정이 들 때는 우울한 감정과 달리 넘어야 할 턱이 있었다. 우울할 땐 '이게 우울할 만한 일인가?' 하는 의문이 들지 않았는데 기쁘거나 즐거운 일이라는 생각이 들면 '이게 기쁠 만한 일인가?' 하면서 감정을 의심했다. 그리고 아니라는 생각이 들면 차오르던 감정이 금방 식어버렸다. 산들거리는 바람이, 특유의 새벽 공기가, 맛있는 음식을 먹는 게 기뻐할 일인지 아닌지 묻고 있는 내 모습이 이상하게 느껴졌다. 부정적인 감정에만 너무 익숙해 있어서 마치 낯선 음식을 접했을 때 먹어도 되는지, 내 입맛에 맞을지 한참을 따져보는 것처럼 긍정적인 감정들을 자꾸만 확인하려 했다.

그 결과, 나는 더 우울해져 가고 있었다. 우울감에 이유를 묻지 않는다면, 긍정적인 감정들에도 이유를 묻지 않아야 한다고 생각했다. 아니, 반대로 우울한 감정이 들 때는 방지턱처럼 감정을 멈춰줄 질문이 필요하다고 생각했다. '이게 우울할 이유인가?' 하고 말이다. 그렇게 다짐을 하고 실천에 옮기기로 했다. 핸드폰을 켜면 가장 먼저 보이는 메모에 띄워놓기도 하면서 의식적으로 노력했다. 적당히 부는 바람에 기분 좋아지려 하다가도, '기분 좋을 만한 일인가?' 하며 스스로 깜빡 질문해버릴 때면 이렇게 답했다. 그럼, 기분 좋을 만한 일이지, 하고. 이상하게 작고 사소한 일인데 그럴 때면 기분이 한결 좋아졌다.

오히려 울적해지려 할 땐, 우울해질 만한 일인지를 물

었다. 채소를 썰다가 바닥에 툭 떨어트렸을 때, 울적해지다가도 질문을 던지고 나니 그럴 만할 일이 아닌 것 같았다. 덤덤하게 떨어진 채소를 음식물 쓰레기 봉투에 넣었다. 어떤 날에는 잠깐만 잔다는 걸 6시간이나 자버렸는데, 내가 한심하게 느껴져 울적했다가 질문을 던지고 보니 그간 잘 자지 못해 쌓인 피로가 풀린 것 같아 기분이 가벼워졌다. 그래서 앞으로도 우울함엔 더 까다롭고, 즐거움엔 더 너그럽게 지내보려 한다. 그러면 언젠간 어떤 상황에도 즐거워질 줄 아는 삶을 살겠지, 그런 기대를 하면서.

과거의 나에게

여러모로 힘들었던 그때의 나는

안 그래도 힘든 나 자신에게
모진 말을 뱉었다.

지금 내가
그때의 나를 본다면

삶은 생각보다 기니까
쉬어가는 걸
너무 두려워하지 말라고,

화창한 날과
흐린 날은 반복되니까.

불행이 너의 종착역이라
생각하지 않았으면 좋겠다고.

그렇게 말해주고 싶다.

아프지만 잊고 싶지 않아서 쓴
우울한 날들의 기록

나의 우울에게

1판 1쇄 인쇄 2020년 11월 05일
1판 1쇄 발행 2020년 11월 18일

지은이 김현지

발행인 양원석 **편집장** 차선화 **책임편집** 이슬기
디자인 강소정 **영업마케팅** 양정길, 강효경

펴낸 곳 ㈜알에이치코리아
주소 서울시 금천구 가산디지털2로 53, 20층 (가산동, 한라시그마밸리)
편집문의 02-6443-8916 **도서문의** 02-6443-8800
홈페이지 http://rhk.co.kr
등록 2004년 1월 15일 제2-3726호

ISBN 978-89-255-8947-3 (03810)